Angulus Durus

Germar Grimsen
Sven Regener

ANGULUS DURUS

TRAUM EINES LÄCHERLICHEN MENSCHEN

Ein Katastrophenfilm

Eichborn BERLIN

1 2 3 4 07 06

Umschlaggestaltung: Ella Hering
Photos © Cathleen Schütze
Lektorat: Esther Kormann
Layout: Cosima Schneider
Satz: Fotosatz Reinhard Amann, Aichstetten
Druck und Bindung: FVA, Fulda
Eichborn Berlin

ISBN 3-8218-0760-1

Verlagsverzeichnis schickt gern:
Eichborn Verlag, Kaiserstraße 66, D-60329 Frankfurt am Main
www.eichborn-berlin.de
www.eichborn.de

Dramatis personae:

ECKHART NEUMANN
FRED, MICHAEL UND OTTO — ECKHARTS SCHULKAMERADEN
MUTTER — ECKHARTS MUTTER (GISELA)
VATER — ECKHARTS VATER (STRASSENBAHNER)
FREUND — FREUND DER MUTTER (KARL)
PSYCHOLOGIN
KRIMINALBEAMTER
KARIN
HEINZ, HERBERT UND HEINRICH — KARINS FREUNDE
HERMANN – WELLENSITTICH
›DER CHERUSKER‹ – SCHILDKRÖTE
FERNSEHREPORTER
RETTUNGSSANITÄTER
STRASSENBAHNER
LADENBESITZER
CHEFARZT KRANKENHAUS
VORGESETZTER DES KRIMINALBEAMTEN
SCHWESTERN UND ÄRZTE OHNE ENDE
SPRECHSTUNDENHILFE
PUTZFRAU
RICHTER
JVA-BEAMTER
SPD-MITGLIEDER HEMELINGEN
SCHULDIREKTOR
FAHRGÄSTE MIT UND OHNE GÜLTIGEM FAHRAUSWEIS
ERDKUNDE- UND SPORTLEHRER
GRILLER, KIFFER, ROCKER
PASTOR UND FRAU
GOTTESANBETER
KONFIRMANDEN
DRITTE-WELT-GRUPPE
BEDIENUNG IM CAFÉ
DOGON
SECURITY-LEUTE

AUSSERDEM ALLERLEI SPIEL- UND KLASSENKAMERADEN UND KLEINE MÄDCHEN, DEMONSTRANTEN, STECKRÜBEN, KUNDEN, ENTEN, POLIZISTEN, HÄNDLER UND FRÖSCHE.

— Eine Bäckerei —

Bild: Weiße Schrift auf schwarzem Grund:

Prolog

Bild: Eckhart und Spielkamerad im Sandkasten (beide etwa 4 Jahre alt).

SPIELKAMERAD: Der Kuchen ist gar nicht echt, der ist kein Kuchen.

ECKHART: Wohl ein Kuchen.

SPIELKAMERAD: Gar nicht.

ECKHART: Wohl.

Eckhart ißt den Kuchen. Schwenk auf zwei ebenfalls vierjährige Mädchen im Sandkasten nebenan. Beide spielen selbstgenügsam mit Kuchenformen.

DAS EINE MÄDCHEN: Das war doch kein Kuchen?

DAS ANDERE MÄDCHEN: Nä.

DAS EINE MÄDCHEN: Oder vielleicht doch, vielleicht wenigstens ein Sandkuchen?

DAS ANDERE MÄDCHEN *(verächtlich)*: Nä.

Musik.

Bild: Weiße Schrift auf schwarzem Grund:

1. Teil: Mondo

Bild: Weiße Schrift auf schwarzem Grund:

I – Murmeln und Indianer

Bild: Abblende. Schwarz.

ECKHART *(Off)*: Ich bin ein lächerlicher Mensch. Man nennt mich jetzt einen Verrückten.

Bild: Fernsehbild, Tagesschau, die Eckhart zeigt, wie er auf einer Tragbahre zu einem Rettungswagen gebracht wird. Er macht dabei das Victory-Zeichen und lächelt breit.

ECKHART *(Off)*: Das würde eine Rangerhöhung sein, wenn ich nicht für die Leute immer noch ebenso lächerlich bliebe wie vorher. Aber jetzt ärgere ich mich nicht mehr darüber *(der letzte Satz wird leiser und überlagert vom Ton des Fernsehberichts)*.

Bild: Abgebrannte Wohnhäuser (Hütten aus Stroh und Lehm und ein Bauernhaus, Ruinen) werden gezeigt, eine große Grube voller Nutellagläser, zertrümmerte Möbel.

FERNSEHREPORTER *(Off)*: Ein Großbrand in Bremen gibt noch viele Rätsel auf. Anwohner sprechen von einer abgeschotteten, sektenähnlichen Lebensgemeinschaft, die hier, am Ufer eines Baggersees in Bremen-Huchting, existiert haben soll, aber das sind nur Vermutungen und Gerüchte. Was immer es war – illegale Siedlung, Sektendorf, Großkommune oder einfach nur eine Bauwagenkolonie sozial gestrandeter Außenseiter –, es wurde durch den Brand vollständig zerstört.

Bild: Ein Fernsehreporter kommt ins Bild mit Mikrophon, im Hintergrund ratlos umherhüpfende Frösche, zertrümmerte Möbel, Häuserreste, siehe oben.

FERNSEHREPORTER: Was geschah gestern am Südufer des Sodenmattsees mitten im Herzen von Huchting, dem unbekannten Soldaten unter den Bremer Stadtteilen? Niemand weiß es. Niemand außer einem. Denn es gibt, so wie es aussieht, nur einen einzigen echten Zeugen für das, was hier passiert ist.

Bild: Die Rettungssanitäter kommen mit Eckhart auf der Bahre noch einmal zurück und winken hinter dem Reporter in die Kamera. Eckhart setzt sich auf und winkt lieb lächelnd mit.

FERNSEHREPORTER: Polizeilichen Angaben zufolge soll er noch nicht vernehmungsfähig sein.

ECKHART *(mit erhobenem Zeigefinger zur Kamera rufend)*: Aber jetzt ärgere ich mich nicht mehr darüber; jetzt sind sie mir alle lieb, und sogar wenn sie über mich lachen – und dann sind sie mir eigentümlicherweise sogar besonders lieb.

Bild: Im Krankenhaus, Eckhart sitzt an einem Tisch und mit ihm ein Kriminalbeamter und eine Psychologin.

KRIMINALBEAMTER *(beugt sich vor, ironisch)*: Lieb. Das ist gut. Lieb ist mein Stichwort. Wie ich Ihnen vorhin sagte, Herr Neumann, sind Sie hier nicht mit uns zusammen, weil wir Sie irgendeiner Straftat beschuldigen. Jedenfalls noch nicht. Es ist wichtig, daß Sie das verstehen: Wenn Sie irgendwas Böses getan haben, dann brauchen Sie darüber nicht auszusagen. Dann können Sie darüber schweigen. Sie können auch einen Anwalt zu Hilfe rufen. Aber bitte, seien Sie lieb und sprechen Sie mit uns, wenn Sie mit uns sprechen, über die letzten Wochen, über das Feuer, ob Sie da gewohnt haben hinter dem Sodenmattsee und ob da noch andere Leute waren, so Sachen eben, das wäre lieb!

PSYCHOLOGIN: Was meinen Sie damit, wenn Sie sagen, Sie seien lächerlich?

ECKHART: Früher grämte ich mich sehr darüber, daß ich ein lächerlicher Mensch zu sein schien.

KRIMINALBEAMTER *(zur Psychologin wie zu Eckhart)*: Habe ich eigentlich eben was gesagt, oder bilde ich mir das nur ein?

ECKHART: Oder vielmehr nicht schien, sondern war. Ich bin immer lächerlich gewesen ...

Bild: Eckharts Mutter auf einem Sofa in ihrer Wohnung sitzend. Sie hält ein Mikrofon in der Hand.

MUTTER: Eckhart? Lächerlich? Mein Junge?

ECKHART *(Off)*: ... und weiß das. Vielleicht war ich das schon von Geburt an.

MUTTER *(verdreht die Augen)*: Mein Gott, ja, mein Eckhart, er war ja unser einziges Kind, und wegen ihm sind wir ja damals extra nach Huchting gezogen ... In die schöne Neubauwohnung, mein damaliger Mann und ich.

Mutter, fängt an zu weinen. Ihr Freund setzt sich dazu und faßt sie um die Schulter.

FREUND: Nun hör doch mal auf, das hat er sich doch alles selbst zuzuschreiben.

MUTTER *(schluchzend)*: Auch wieder wahr.

FREUND: Eben.

MUTTER: War doch alles viel besser hier, die schöne neue Wohnung, Spielplatz, war doch alles da.

Bild: Eckhart, jetzt 6 Jahre alt, sitzt wieder – diesmal in einem anderen Sandkasten, ißt fleißig Sand und sieht dabei drei Kindern (Fred, Michael und Otto) beim Murmelspielen zu.

MUTTER *(Off)*: Und die Straßenbahn ist später auch bis zum Roland-Center gegangen, da haben wir ja ganz in der Nähe gewohnt, und sein Vater war doch bei der Straßenbahn ...

Bild: Vater, in Straßenbahnuniform, vor dem Betriebsdepot.

VATER: Mit ihm war ja nichts anzufangen. Er wollte immer nur Murmelspielen. Mit Glasmurmeln.

Bild: Vater kommt nach Hause. Eckhart (6) springt wie ein Hund auf und ab in Erwartung eines Mitbringsels. Der Vater reicht eine Schachtel. Als Eckhart sie öffnet, sind darin lauter schwarz-silbrige Stahlkugeln.

VATER *(Off)*: Da habe ich ihm Stahlkugeln mitgebracht, aus Beständen der Bremer Straßenbahn AG, auf dem Dienstweg beschafft, damit er etwas über den Tauschwert und die Funktion des allgemeinen Äquivalentes lernt. Vergessen Sie nicht: Alles kann Geld sein, vor allem dann, wenn es keine konkret nützlichen Eigenschaften in einem bestimmten gesellschaftlichen Zusammenhang aufweist. Stimmt's nicht, Sportsfreund?

Bild: Straßenbahnbetriebsdepot. Kollege, der neben den Vater tritt, nickt.

VATER: Was man von Stahlkugeln wohl sagen kann. Und übrigens auch von Eckhart und seinen seltsamen Freunden. Es ging eigentlich ganz gut los.

Bild: Eckhart wühlt mit beiden Händen in Waschpulvertrommeln voller Glaskugeln.

VATER *(Off)*: War aber auch nichts. Er hat natürlich übertrieben, wie er denn immer alles übertreiben mußte. Mäden agan, ›Nichts im Übermaß‹, wie schon die Griechen in ihre Apollotempel meißelten.

MUTTER *(im Off, stolz)*: Zwei Omo-Trommeln mit Glasmurmeln hat er sich ertauscht mit den häßlichen Stahldingern. Sein Vater, der war ja immer so geizig!

Bild: Vater und Kollege vor dem Betriebsdepot.

VATER: Wie selbstverständlich hat er die Mikroökonomie des gesamten Murmelspiels zerstört.

KOLLEGE: Tja, schlimm ist sowas.

Bild: Eckhart im Krankenhaus mit Kriminalbeamtem und Psychologin, breit und glücklich lächelnd.

ECKHART: ... und so kam es, daß ich, ohne kaum je zu spielen, der Glasmurmelkönig von Huchting wurde.

KRIMINALBEAMTER: Glasmurmelkönig, schau an, schau an. Hatte ich aber nicht eigentlich gefragt, ob ...

PSYCHOLOGIN *(unterbricht ihn)*: Erzählen Sie weiter, Eckhart.

Bild: Eckhart (6) auf dem Teppich, neben sich die beiden Waschpulver-Trommeln, wie er die Glasmurmeln nach Größe sortiert, in Formationen fein ausrichtet u. dgl. mehr.

ECKHART *(Off)*: Sehen Sie, das war nicht leicht, die zu sortieren, gut, Größe, kein Problem, aber das Sortieren nach Farben, deren Anteile in den Schlieren oft genug nicht klar zu bestimmen waren, machte mir das Leben schwer, und oft genug sah ich mich am Ende, wenn ich eine vollendete Farbskala besehen wollte, in widersprüchliche Resultate meiner Einschätzungen verstrickt. *(Pause)* Nein, es war nicht immer einfach *(Pause)*, im Grunde war es sogar lächerlich.

KRIMINALBEAMTER *(Off)*: Hallo, ist da wer? Hört mich jemand?

Bild: Vater und Kollege am Straßenbahndepot.

VATER: Was er nicht begriffen hat: Durch seine schwachsinnigen und inflationären Tauschaktionen wurden natürlich die Glasmurmeln als allgemeines Äquivalent durch die Stahlkugeln abgelöst. Sie waren also wertlos. Aber er hat ja nichts begriffen. Nie.

KOLLEGE: Ist ja auch schwierig …

Bild: Mutter und Freund auf Sofa.

MUTTER: Und ich sagte dann zu meinem Mann: Bring ihm doch wieder welche mit von diesen Kugeln, wenn er die zum Spielen braucht, aber glauben Sie, das hat der gemacht? Nein, der doch nicht. Extra nicht. Und wissen Sie, was der gesagt hat? Wissen Sie, was der gesagt hat? Wenn die Maus satt ist, schmeckt das Korn bitter, hat er gesagt. Das muß man sich mal vorstellen …

Bild: Ex-Spielfreund Otto, heute, Mittzwanziger, dick, bereits schütteres Haar, unsportlich, solo in einer Kneipe.

OTTO: Eckhart wollte immer was Besonderes sein. Dabei war er nicht mal gut in Sport. Das war ein …

Bild: Eckhart als Kind, wie er am Kletterseil in der Turnhalle versagt, neben ihm Spielfreund Fred, der wie ein Affe das Seil hinauf- und hinunterklettert.

Otto *(Off)*: ... also ein richtiger Spaddel war das.

Bild: Ex-Spielfreund Fred, heute, Mittzwanziger, blaß, verklemmter Typ mit umgehängter Teppichtasche und langen Haaren, im Flur der Bremer Uni.

Fred: Eckhart als Sportler? *(lacht)* Naja ... Er war nicht gerade der neue Tarzan ...

Bild: Spielfreund Michael, heute, Mittzwanziger, gepflegt-gediegen angezogen, gestutzter Vollbart, trotz seiner Jugend pfeiferauchend, sitzt in einem Uni-Assistentenzimmer mit vielen Taschenbüchern und einem Hundertwasserprint im Hintergrund.

Michael: Ich denke, ich hatte ihm einige Betrügereien, sagen wir besser ...

Bild: Michael und Eckhart als Kinder. Michael hat Eckhart im Schwitzkasten, zerrt ihn so über die Straße und verschwindet mit ihm um eine Ecke.

Michael *(Off)*: ... Laxheiten beim Murmelspiel nachweisen können. Oder eher: Einige Durchstechereien beim Murmeltausch. Was ist Charakter? Ein zweifelhafter Begriff, sicher. Aber genauso, wie dieser Begriff zweifelhaft ist, so unzweifelhaft ist doch, daß er existiert. Auch bei Eckhart. Der hatte auch einen. Und was für einen ... Charakterlich war bei ihm die Straßenbahn, wie sein Vater, ein sehr kluger und sympathischer Mann, zu sagen pflegte, schon lange abgefahren.

Bild: Vater, vor den Spinden der Umkleidekabine, zieht sich um, schlüpft ins Private.

Vater: Spätestens als ich dahinterkam, daß er seiner Mutter 50 Mark geklaut hatte, wurde mir die sittliche Minderbegabung meines Sohnes klar. Die 50 Mark waren Haushaltsgeld, Mittel zur Reproduktion meiner Arbeitskraft. Natürlich mußte ich den Diebstahl öffentlich brandmarken, so unangenehm mir das auch war. Aber ging es um mich? Nein, um Eckhart, den ich wider besseres Wissen immer noch nicht aufgeben wollte. Es ging allein um Eckhart und die Sache selbst.

Bild: Eckhart (6) wird von seinem Vater in einen kleinen Laden (Tabakwaren, Spielwaren, Schreibwaren) geschoben. Man sieht durch das Schaufenster, wie Eckart sich vor dem Inhaber aufstellen muß und zu reden beginnt. Der Vater hat beide Hände auf Eckharts Schultern. Der Ladeninhaber hört gelangweilt an, was Eckhart zu sagen hat.

VATER *(Off)*: Coram publico! sagte ich, coram publico. Die Sache wollte öffentlich angeprangert sein, das war mir eine Herzensangelegenheit. Hätte ich *das* unter den Teppich gekehrt, hätte ich *das* zugelassen – sagen Sie selbst, wäre das nicht ein Armutszeugnis gewesen für die Ausführung meines erzieherischen Auftrags?

LADENBESITZER: Wie, geklaut? Hier hast du was geklaut?

VATER: Nein, bei uns hat er was geklaut, seine Mutter hat er bestohlen.

LADENBESITZER: Ja und? Was geht mich das an?

VATER: Und bei Ihnen dafür Indianerzeug gekauft, Sportsfreund.

Bild: Eckhart und seine Freunde auf dem Schulhof. Eckhart verteilt erwartungsvoll und unsicher Plastik-Indianerausrüstungen, Federschmuck, Stirnbänder, Pfeile, Köcher, Bogen.

ECKHART *(im Off, mit zartem Stimmchen)*: Tut mir leid.

LADENBESITZER *(Off)*: Ist ja nicht so schlimm.

Bild: Umkleideräume der Straßenbahn, der Vater, Totale, um ihn herum viele seiner Kollegen, ebenfalls im Umkleiden begriffen.

VATER: Dieser Ladenbesitzer war ein Idiot. Dennoch war es gut, daß mein Sohn lernte, sich zu entschuldigen. Aber kam es von Herzen? Die Saat des Mißtrauens, die Eckhart gesät hatte, ging auf. Es stellten sich sogar leise Zweifel an meinem doch geschichtsphilosophisch gegründeten Optimismus ein. Und das ist es: Geschichtsphilosophisch gegründeter Optimismus, darauf kommt es an! Da kann man drauf bauen. Das bleibt. Und darum bin ich dafür!

— Canossa an der Schüttenriehe —

KOLLEGEN *(alle durcheinander)*: Wir auch, Kollege! – Genau! – Es gibt nichts Besseres! Sag ich auch immer! Sehr gut!

Bild: Mutter und Freund auf dem Sofa.

MUTTER *(seufzt)*: Hätte er wenigstens die Freunde bekommen, die er sich damit kaufen wollte. Er wollte immer Freunde. Und ich hätte sie ihm gegönnt, wirklich.

Bild: Wieder Eckhart und seine Freunde, wie oben. Michael, Fred und andere Mitschüler nehmen das Indianerzeug, johlen kurz, wenden sich dann wieder ihren Beschäftigungen zu, rangeln, lachen. Ohne Eckhart, der dabeisteht, aber nicht weiter beachtet wird.

FREUND *(Off)*: Das hätte vielleicht alles geändert, wenn er Freunde gehabt hätte. Freunde machen vieles besser.

MUTTER *(Off)*: Naja, bei ihm … – das kann man dann so pauschal auch nicht sagen.

Bild: Im Krankenhaus. Eckhart, Kriminalbeamter, Psychologin.

PSYCHOLOGIN: Ihre Freunde, Eckhart, erzählen Sie von Ihren Freunden.

ECKHART: O ja, ich hatte Freunde, sehr treue, sehr liebe: meinen Wellensittich natürlich, den Hermann, und meine Wasserschildkröte aus Paraguay, aus der Region Oriental, Provinz Villa del Pilar – gleichnamige Provinzhauptstadt – wohl aus dem Grenzfluß zu Argentinien, dem Rio Paraná. Wissen Sie ... *(macht kleine Kunstpause)*

KRIMINALBEAMTER *(unwirsch in die Kunstpause hinein)*: Nein, ich weiß es nicht, und ich will es auch nicht wissen!

ECKHART *(unbeirrt)*: ... kein Mensch kann ohne Freunde sein. *(Wird leiser.)* Eigentlich wollte ich nur was haben, was von ganz weit weg kam.

Bild: Psychologin, nickt schweigend und betroffen.

Bild: Otto, in der Kneipe, alleine beim Dartwerfen.

OTTO: Gerecht war er nicht. Zum Beispiel habe ich keine Indianerausrüstung bekommen. Ich war an dem Tag krank und wurde einfach übergangen.

Bild: Schrift weiß auf schwarz:

II – Sittich und Kröke

Bild: Psychologin sitzt beim Chefarzt des Krankenhauses.

CHEFARZT: Wenn Sie sagen, daß Sie das interessiert und Sie vielleicht darüber arbeiten wollen, dann soll er doch meinetwegen noch ein bißchen hierbleiben. Kann er denn sonst irgendwo hin?

Bild: Kriminalbeamter. Sitzt im Zimmer eines Vorgesetzten.

KRIMINALBEAMTER: Kein fester Wohnsitz, seit Jahren nirgendwo mehr gemeldet.

VORGESETZTER: Kann man ihn damit drankriegen? Erstmal, damit er uns nicht abhaut? Es liegt ja eigentlich nichts vor, keine Anzeige, nichts. Nur Ärger, Ärger, Ärger. Die sitzen mir alle im Nacken, Kollege, Weser-Kurier, Innensenator, Roland-Center-Aktuell, das ganze Programm!

KRIMINALBEAMTER: Tagesschau!

VORGESETZTER: Ja, die auch!

Bild: Psychologin und Chefarzt, wie oben.

PSYCHOLOGIN: Ich weiß nicht, ob er irgendwo hinkann.

CHEFARZT: Keine Mutter oder so?

Bild: Mutter auf Sofa, mit Freund. Beide heben abwehrend die Hände.

MUTTER: Nein, das geht ja nun nicht mehr. Was soll ich denn mit dem heute noch?

FREUND: Der war schon damals nicht gut für dich.

MUTTER: Stimmt auch wieder!

Bild: Psychologin und Chefarzt.

PSYCHOLOGIN: Familie, Beruf, Wohnung – wir wissen es nicht.

Schweres Trauma. Das geht alles sehr langsam voran. Ich bin noch bei seiner Kindheit.

CHEFARZT: Kindheit? Tja, da fängt's halt immer an!

PSYCHOLOGIN: Die Sache geht tief. Es scheint alles miteinander zusammenzuhängen.

CHEFARZT: Ich kenn das, das ist oft so.

Bild: Kriminalbeamter beim Vorgesetzten.

KRIMINALBEAMTER: Der Typ ist blöd. Und die Psychologin auch. Fragt sich eigentlich, wer blöder ist, der Typ oder diese Psychoziege.

VORGESETZTER: Die Sache ist ernst. Sekten, Feuer, Huchting, das ist brisant. Bleiben Sie dran, auch wenn's weh tut.

Bild: Chefarzt und Psychologin.

PSYCHOLOGIN: Wenn man mehr wissen will, dann muß man ihn reden lassen.

CHEFARZT: Reden, ja! Das ist gut! Ich behalte ihn einfach zur weiteren Beobachtung hier. Es sei denn, er will gehen. Das müssen Sie dann mit der Polizei klären.

Bild: Krankenhaus, Eckhart, Kriminalbeamter, Psychologin.

ECKHART: Mit jedem Jahr wuchs und festigte sich in mir das Bewußtsein meiner Lächerlichkeit in jeder Beziehung. Immer und überall lachte man über mich. Doch keiner …

KRIMINALBEAMTER *(genervt)*: Geht das schon wieder los!

PSYCHOLOGIN: Pst! Lassen Sie ihn doch reden!

ECKHART *(hebt die Stimme)*: … wußte und keiner ahnte, daß, wenn es einen Menschen auf Erden gab, der am besten wußte, wie lächerlich ich sei – ich selbst dieser Mensch war; und daß sie …

KRIMINALBEAMTER *(hebt ebenfalls die Stimme)*: Wer will denn außer mir noch alles Kaffee? Und wenn ja, wie, mit Milch und Zucker oder was?

ECKHART *(noch lauter)*: … dies nicht wußten, kränkte mich am tiefsten. Aber daran war ich selber schuld; ich war so stolz, daß ich es niemals und um nichts auf der Welt jemandem gestehen wollte.

KRIMINALBEAMTER: Ich glaub, ich hol mal Kaffee. *(Zur Psychologin)* Mit oder ohne?

PSYCHOLOGIN: Mit oder ohne was?

KRIMINALBEAMTER: Zucker. Milch.

PSYCHOLOGIN *(ungeduldig)*: Wie Sie wollen!

ECKHART: Für mich Cappuccino. Das ist mit Sahne obendrauf. – Dieser Stolz wuchs bei mir mit den Jahren, und wäre es wirklich einmal geschehen, daß ich jemandem, wer es auch sei, gestanden hätte, daß ich lächerlich sei – ich glaube, ich hätte …

KRIMINALBEAMTER: Cappuccino, ja?

ECKHART: Jetzt habe ich den Faden verloren, wo war ich?

PSYCHOLOGIN: Sie glaubten, Sie hätten …

KRIMINALBEAMTER: Sie waren bei ›lächerlich‹!

ECKHART: Genau. Am Anfang mochte ich alle Menschen. Dann nicht mehr. Sie mochten mich wohl nicht. Hingegen lachten sie viel, und ich machte einige ihrer Späße mit.

Bild: Zehn Minuten später. Alle drei sitzen am Tisch und haben Plastikbecher voll Kaffee vor sich stehen, der von Eckhart hat eine Sahnehaube. Es ist auch Sahne an Eckharts Oberlippe.

ECKHART: Später nicht mehr. Später war viel Ernst. Jetzt habe ich euch alle lieb …

KRIMINALBEAMTER: Hab ich schon erzählt, wie schwer es war, die Sahne aufzutreiben?

PSYCHOLOGIN *(genervt)*: Ja!

KRIMINALBEAMTER *(zur Psychologin)*: Kann ich Sie mal sprechen? Draußen …?

Kriminalbeamter steht auf und geht zur Tür. Psychologin sieht unschlüssig zu Eckhart, steht dann auch zögernd auf und geht ebenfalls zur Tür.

ECKHART *(währenddessen, immer weiter und weiter)*: … selbst wenn ihr über mich lacht. In diesem Fall habe ich euch sogar, ich weiß nicht genau weshalb, ganz besonders lieb. Ich würde gerne selbst mit euch lachen – nicht über mich, aber euch zuliebe, wenn mir bei eurem Anblick nicht so traurig zumute würde. Traurig, weil ihr die Wahrheit nicht kennt, die ich kenne.

PSYCHOLOGIN: Eckhart, ich will gerne mehr über diese Wahrheit hören. Aber können Sie uns bitte einen Moment entschuldigen?

Kriminalbeamter öffnet die Tür und winkt die Psychologin hinaus.

ECKHART: O wie schwer ist es, ganz allein die Wahrheit zu wissen! Aber das könnt ihr nicht verstehen. Nein, ihr versteht es nicht.

PSYCHOLOGIN: Ganz kurze Pause, Eckhart, ich bin gleich wieder da!

KRIMINALBEAMTER: Ja, ja, ja. *(Wirft die Tür zu.)*

Bild: Kriminalbeamter und Psychologin stehen vor der Tür.

KRIMINALBEAMTER: So geht das nicht. Das ist ja lächerlich.

PSYCHOLOGIN: Tut mir leid, aber Sie müssen ihn reden lassen, damit sich ein Gespräch entwickelt, sonst kommen wir ihm nicht näher.

KRIMINALBEAMTER: Gespräch? Was für ein Gespräch? Ich seh hier kein Gespräch. Ich sehe hier einen, der verarscht, und zwei, die sich verarschen lassen.

PSYCHOLOGIN: Ist mir egal, was Sie sehen. Wenn's Ihnen zu lange dauert, dann machen Sie doch in der Zwischenzeit was anderes! Hier herumzukaspern, während ich mit ihm arbeite, bringt jedenfalls niemanden weiter.

KRIMINALBEAMTER: Arbeit? Was für eine Arbeit? Sie arbeiten mit ihm? Er redet, aber sagt nichts, und Sie hören zu und nicken. Das ist für Sie Arbeit?

PSYCHOLOGIN: Ach so, Sie haben also so viel Erfahrung mit Traumapatienten, ja? Schon große Therapieerfolge erzielt, ja? Womit? Mit Daumenschrauben?

KRIMINALBEAMTER: Wie wär's denn zuerst mal damit, daß man

nicht jeden Quark abnickt, den er sagt, sondern ab und zu auch mal eine Frage stellt? Und dann auch mal darauf besteht, daß er die beantwortet?

PSYCHOLOGIN: So macht man das nicht. So kommt man bei so einem Fall nicht weiter.

KRIMINALBEAMTER *(höhnisch)*: Weil wir ja auch schon so weit gekommen sind, ja?

PSYCHOLOGIN: Vielleicht sind wir schon weiter, als Sie denken!

Eckhart öffnet die Tür.

ECKHART: Wollen Sie nicht lieber wieder hereinkommen? Sie wollten doch wissen, was alles passiert ist.

Psychologin nickt triumphierend.

KRIMINALBEAMTER *(seufzt)*: Ja, ja, ja, in Gottes Namen, ich wollte wissen, was alles passiert ist. Ich wollte wirklich wissen, was alles passiert ist.

Bild: Kriminalbeamter, Psychologin und Eckhart sitzen wieder zusammen.

KRIMINALBEAMTER: Okay, Eckhart, dann mal los. Was ist denn jetzt alles passiert?

ECKHART: Sehen Sie: Früher tat es mir sehr weh, daß ich lächerlich schien. Nicht nur schien, sondern auch war.

KRIMINALBEAMTER: Okay, will jemand eine Cola oder sowas?

ECKART: Ich. Wo war ich stehengeblieben?

KRIMINALBEAMTER: Ich weiß nicht mehr genau, Eckhart, aber es war sicher etwas ganz, ganz Wichtiges!

PSYCHOLOGIN *(entschieden)*: Ich möchte bei den Tieren weitermachen, Eckhart. Die waren doch ihre Freunde, die Tiere! Erzählen Sie doch mal ein bißchen mehr davon!

Bild: Mutter und Freund auf dem Sofa.

MUTTER: Was war er sensibel! Wie er seine Schildkröte beerdigt hat! Und dann ist ihm auch noch aus Versehen der Sittich gestorben! Was war er süß als Kind, Kröke hat er immer gesagt, Kröke! Da konnte er das T wohl noch nicht so richtig.

Bild: Vater, steigt in die Straßenbahn ein.

VATER *(zum Fahrer)*: Moin, Kollege.

KOLLEGE: Moin.

VATER *(in die Kamera)*: Eckhart hatte einst wohl eine einseitige Begabung für das Auswendiglernen und Sortieren sinnloser Details und Objekte. Er war aber nicht das, was man ein Talent nennen könnte, und schon gar kein Sprachvirtuose. Was hat es gedauert, bis er ›Kröte‹ korrekt aussprechen konnte und nicht mehr ›Kröke‹ sagte. Ich bitte Sie, wenn der Ursprung auch dunkel ist ...

Bild: Eckhart (8) bastelt ein Floß. Eckhart setzt das Floß in sein kleines Aquarium. Auf seiner Schulter sitzt der Wellensittich. Eckhart fängt die Schildkröte ein und setzt sie auf das Floß. Die Schildkröte will nicht auf dem Floß sein und geht wieder zurück ins Wasser. Das alles wiederholt sich einige Male bis an den Rand der Tierquälerei.

VATER *(Off)*: ... so haben doch alle ältesten Formen wie etwa althochdeutsch ›krota‹ und mittelhochdeutsch ›kreta‹ unüberhörbar den dentalen Laut, das T. Und Eckhart bringt ein K. Gegen tausend Jahre Sprachgeschichte. Ein K, ich bitte Sie! Naja, das war schon schlimm genug. Aber daß ihm dann noch nicht einmal vernünftige Namen für die Tiere einfielen, das war eine richtiggehende Enttäuschung, Leute!

Bild: Eckhart nimmt den Sittich von der Schulter und stellt ihn aufs Floß. Der Wellensittich will nicht auf dem Floß sein und will davonfliegen. Eckhart fängt ihn ab und stellt ihn zurück. Auch dies wiederholt sich einige Male.

VATER *(Off)*: Schließlich mußte ich ihm die Tiere zwangstaufen, damit sie endlich gescheite Namen bekamen. Sohn, sagte ich, Sohn, deinen Sittich heiße ich Hermann und deine Kröte ›Der Cherusker‹. Ob er wenigstens heute begriffen hat, warum das so sein mußte, wage ich eigentlich kaum zu erwägen.

Bild: Otto, heute, lässig mit einem Arm gelehnt an den Zigarettenautomaten in der Kneipe, mit verhaltenen Faustschlägen versucht er ein Geldstück im Automaten zum Weiterrutschen zu überreden.

OTTO: Einmal hat er mir erzählt, wie sein Sittich wirklich gestorben ist. Ich sollte es keinem weitererzählen.

Bild: Der Wellensittich hüpft auf dem Teppich von Eckharts Kinderzimmer herum. Eckhart (8) sitzt auf einem Bürostuhl mit Rollen, mit dem er freudig und ausgelassen im Zimmer herumrollt.

OTTO *(Off)*: Wir haben immer zusammen ›Raumschiff Orion‹ geguckt, da wollte Eckhart auch so einen schicken Eierbecherstuhl zum Rumrollen haben wie ihn Commander McLane hatte, bekommen hat er schließlich einen Bürostuhl auf vier Rollen, weil, das andere gab's nicht, oder nur im Fernsehn, damit ist er dann rumgerollt …

Bild: Eckhart hält im Rollen inne und schaut seitlich hinunter.

OTTO: … und da war dann auf dem Teppich der Hermann gewesen, was sein Wellensittich war. Ein grüner.

Bild: Eckhart, immer noch auf dem Stuhl, schreit.

OTTO *(Off)*: Das kleine Viech blutete noch anständig aus der Nase, so kleine Löcher im Schnabel waren das, fiepste und war dann endlich tot *(lacht)*.

Bild: Otto, immer noch am Zigarettenautomaten.

OTTO: Tiere mag man ja nicht lang leiden sehen. Seinen Eltern hat er gar nichts gesagt davon. Das muß man sich ja auch erst mal trauen.

Bild: Eckhart im Krankenhaus mit Psychologin und Kriminalbeamtem. Er schaut in eine leere Hand, pantomimische Darstellung des aufgenommenen, sterbenden Wellensittichs.

ECKHART: Geh tot, geh bitte schnell tot *(schaut auf)*.

Psychologin kratzt sich an der Schläfe, runzelt die Stirn, Kriminalbeamter hat feuchte Augen vor Rührung.

KRIMINALBEAMTER: Sowas ist schlimm. Sehr schlimm.

ECKHART *(zufrieden)*: Und sehr böse.

Bild: Vater, immer noch in der Straßenbahn, kontrolliert jetzt (als Hobby) mit vorgehaltenem Betriebsausweis die Fahrausweise, spricht dabei teilweise in die Kamera, teilweise zur Seite, teilweise auf die zu kontrollierenden Fahrscheine.

— Sittichgrab —

VATER: Ich hatte ein effektives System ersonnen, um meinem Sohn den Wert des Geldes nahezubringen: ein DIN-A4-Blatt mit vierzig – darf ich mal? – durchgepausten Markstücken. Tat er was Gutes, eine Bestnote in der Schule hier, eine tapfere Haltung im Alltagsleben da, zeichnete ich eine Mark ab, und war das Blatt voll, erhielt Eckhart den Gegenwert. Er konnte die Blätter auch kumulieren, horten gewissermaßen, und das hat er getan. Hatte mich schon gewundert, was er am Ende haben wollte. Haben Sie einen Schwerbehindertenausweis? Den müssen Sie immer dabeihaben. Naja, diesmal noch ... Ich weiß noch – das ist Kurzstrecke, da müssen Sie nächste Station aussteigen oder nachlösen –, einen Stuhl mit Rollen wollte er, ein außergewöhnlicher Wunsch, das mußte ich zugeben, und für kurze Zeit dachte ich sogar, er sei vielleicht ein außergewöhnliches Kind. Das war er auch – aber nicht so, wie ich gehofft hatte. Das war das letzte Mal, daß ich mir Hoffnungen machte.

Bild: Krankenhaus, Kriminalbeamter, Psychologin, Eckhart.

PSYCHOLOGIN: Und dann, Eckhart? Erzählen Sie weiter!

ECKHART: Ich begrub ihn. Und mein Vater war der einzige, der diesem Begräbnis beiwohnte.

Bild: Eckhart am Ufer eines kleinen Flüßchens vor einem aus Streichhölzern gebastelten Kreuz, daneben ein Zahnstocher mit einem Papierfähnchen dran, auf dem in ungelenker Kinderschrift ›Hermann‹ steht. Eckhart gräbt eine kleine Grube mit Hilfe einer Plastikschippe. Trauermusik.

ECKHART *(Off)*: Ich begrub ihn am Ufer der Kleinen Bäke. Es war traurig, aber ich mußte es selbst tun.

Bild: Eckhart bettet den Sittich in eine mit einem Frottee-Waschlappen ausgeschlagene Schachtel.

PSYCHOLOGIN *(Off)*: Ihr Vater, Eckhart! Erzählen Sie von Ihrem Vater. Wie kam es, daß er dabei war?

Bild: Eckhart tut den Deckel auf die Pappschachtel. Plötzlich senkt sich eine Hand auf seine Schulter. Er schrickt auf.

VATER: Eckhart! Mein Sohn! Es ist gut, daß du dich schon jetzt im rituellen Einüben der Verlustbewältigung schulst. Gut ist das, sehr gut. Du glaubst ja nicht, wieviel Verlust man in einem Leben ertragen muß.

Bild: Eckhart sieht hinauf zu seinem Vater. Sein Vater sieht hinunter zu Eckhart. Der Vater hat einen Koffer in der Hand.

ECKHART *(Off)*: Das war das erste Mal, daß ich Anerkennung von meinem Vater erfuhr. Und zwar richtige.

VATER: Ich geh dann mal. Für immer.

Bild: Vater, von hinten, wie er sich mit einem Koffer in der Hand von Eckhart entfernt. Man hört ihn leise ›Brüder zur Sonne zur Freiheit‹ pfeifen.

ECKHART *(Off)*: Ich sollte ihn dann lange nicht mehr wiedersehen.

Bild: Schrift weiß auf schwarz:

III – TBC und Bogotà

Bild: Psychologin beim Chefarzt.

CHEFARZT: Nun, meine Liebe, Murmelspiele, Tierbeerdigung ... Sie haben sich da ganz schön was aufgeladen, würde ich mal sagen.

PSYCHOLOGIN: Ja. Aber manchmal glaube ich auch, der Mann veräppelt uns einfach nur.

CHEFARZT *(heiter)*: Na, na, das ist aber keine psychologische Kategorie.

PSYCHOLOGIN: Ich weiß. Könnte trotzdem sein. Der Kripomann scheint das zu glauben. Aber der macht's auch nicht gerade leichter. Den verstehe ich auch nicht richtig.

Bild: Kriminalbeamter beim Vorgesetzten.

KRIMINALBEAMTER: Wenn die blöde Kuh nicht wär, dann wäre ich vielleicht schon weiter.

VORGESETZTER: Psychologen sind schon schlimm. Weibliche Psychologen sind das Ende, sagt man.

Bild: Chefarzt und Psychologin.

CHEFARZT: Tja, ich bin kein Psychologe, nur ein einfacher Chefarzt mit Villa und Yacht, aber ich denke, Sie sollten sich mit dem Schupo zusammenraufen, wenn er schon mal da ist.

Bild: Kriminalbeamter beim Vorgesetzten.

VORGESETZTER: Aber andererseits: Man weiß nie, wozu es gut ist.

KRIMINALBEAMTER: Was jetzt?

VORGESETZTER: Na das mit den Psychologinnen.

KRIMINALBEAMTER: Wozu soll das denn gut sein?

VORGESETZTER *(lacht)*: Sehen Sie, sag ich ja: Man weiß nie, wozu es gut ist.

Bild: Psychologin beim Chefarzt.

CHEFARZT: Ist er denn überhaupt Patient?

PSYCHOLOGIN: Wer jetzt?

CHEFARZT: Dieser … *(wühlt in seinen Papieren)* Eckhart Neumann?

Bild: Kriminalbeamter beim Vorgesetzten.

VORGESETZTER: Haben Sie denn schon was gegen ihn in der Hand?

KRIMINALBEAMTER *(zuckt resigniert mit den Achseln)*: Nicht wirklich. Genauer gesagt habe ich von ihm bisher nur erfahren, daß er ein lächerlicher Mensch ist.

VORGESETZTER: Lächerlicher Mensch?

KRIMINALBEAMTER: Lächerlicher Mensch!

VORGESETZTER: Hm … Das ist nicht viel. Aber ich hab noch was für Sie!

Der Vorgesetzte wirft dem Kriminalbeamten eine dünne Akte zu.

VORGESETZTER: Ich habe einen Ihrer Kollegen mal ein bißchen in die Akten geschickt. Sieht so aus, als habe Ihr Mann eine kriminelle Vorgeschichte.

KRIMINALBEAMTER: Kriminell? Eckhart Neumann?

VORGESETZTER *(amüsiert)*: Raten Sie!

KRIMINALBEAMTER: Nein! Das kann nicht sein!

VORGESETZTER: Nun raten Sie schon

KRIMINALBEAMTER: Hat er Murmeln gestohlen? In die Varreler Bäke gepinkelt? Jemanden im Affekt zu Tode gelangweilt? Oder war's doch wieder nur Schwarzfahren, wie immer bei diesen Dödeln?

VORGESETZTER: Sie sind gemein!

KRIMINALBEAMTER *(nimmt die Akte, blättert sie schnell durch)*: Ach du liebe Güte ! Wirklich ein Traum von einem Schwerverbrecher!

Bild: Psychologin, Kriminalbeamter und Eckhart im Krankenhaus.

PSYCHOLOGIN: Also haben Sie am gleichen Tag Sittich und Vater verloren.

ECKHART: Das Schlimmste aber kommt noch: die Murmeln auch.

KRIMINALBEAMTER *(amüsiert, gelassen, mit der Akte spielend)*: Soso, die Murmeln also auch.

PSYCHOLOGIN: Erzählen Sie, Eckhart. *(Mit einem Seitenblick auf den Kriminalbeamten).* Und lassen Sie kein Detail aus.

ECKHART: Ich war acht. Ich war ein Kind.

Bild: Eckhart, achtjährig, in seinem Kinderzimmer verzweifelt etwas suchend.

ECKHART: Mutti!

Bild: Mutter erscheint in der Türfüllung, verheultes Gesicht.

Bild: Eckhart, in jeder Hand eine leere Waschpulver-Trommel.

ECKHART: Mutti, wo sind meine Murmeln?

MUTTER *(schluchzt auf, weint)*: Die hat der Vati auch mitgenommen, als er heut morgen seine Sachen abgeholt hat.

Bild: Eckharts verdutztes, leeres Gesicht in Großaufnahme. Eckhart entschließt sich dann auch zu weinen.

CHEFARZT *(Off)*: Also dieser Vater – ich fange an, ihn zu bewundern! Der Mann hat Prinzipien, das ist mehr als die meisten haben!

Bild: Der Vater steht mit einem Schwarzfahrer und einem Polizisten an einer Straßenbahnhaltestelle. Der Polizist nimmt die Personalien auf. Der Vater blutet aus der Nase. Die Jacke des Schwarzfahrers ist zerrissen.

VATER *(zum Polizisten)*: Gut, daß Sie gerade da waren. Ein sehr aggressives Bürschchen, unser Sportsfreund hier. *(In die Kamera:)* Nun muß man sagen, Omo-Trommeln sind erstmal einfache Zylinderhüllen aus Pappe, und weiter nichts. Was sollte ich damit. Der Inhalt war natürlich – wie so oft – das Entscheidende. Und weiter konnte ich auch nichts für Eckhart tun, als ihm einen finalen und, wie sich erwiesen hat, vergeblichen Hinweis zu geben, vom sinnlosen Akkumulieren von Glasmurmeln – ich bitte Sie, Glasmurmeln – zu lassen und sich besser um die Ausbildung seines Verstandes zu bekümmern. *(Zum Polizisten:)* Wie der Grieche schon in seine Apollo-Tempel ritzte: Nichts im Übermaß, von Terenz in seiner ›Andria‹ genial übersetzt mit: ne quid nimis. Ne quid nimis.

POLIZIST *(schreibt weiter Personalien auf, nickt aber)*: Meine Rede, meine Rede. Da kommt nichts Gutes von!

VATER *(wieder in die Kamera)*: Das galt natürlich sowohl für diese absurde Ehe als auch für jene definitiv aus der Art geschlagene Leibesfrucht. Ich hatte meine Lektion gelernt – hätte ich ihm die seine ersparen sollen? Was Hänschen nicht lernt, lernt Hans nimmermehr. *(Gibt dem Schwarzfahrer, weil der Polizist gerade nicht hersieht, eine Kopfnuß.)*

Bild: Michael vor Hundertwasserdruck, pfeifereinigend.

MICHAEL: Sehen Sie, wir, seine engsten Freunde, wir haben ja gar nicht mitbekommen, daß sein Vater verschwunden war. Denn er selbst war ja verschwunden. Für ein halbes Jahr in Quarantäne, und wir mußten alle zur Vorsorgeuntersuchung. Verdacht auf TBC – mein Gott, das sah ihm ähnlich, er hatte TBC und uns wurden die Lungen geröntgt.

Bild: Fred im Proseminar Kunstgeschichte. Im Hintergrund des abgedunkelten Raumes zeigt ein Uni-Assistent Dias.

FRED: Manchen hat er vielleicht gefehlt. Ich kenne keinen! *(Lacht)*.

Bild: Otto in der Kneipe, nunmehr am Stammtisch, wie er die Plastikverpackung der Zigarettenschachtel ungeschickt aufzureißen versucht. Nachdem es endlich gelungen ist, tastet er, eine Zigarette bereits im Mund, erfolglos seinen Körper nach Streichhölzern ab.

OTTO *(redet mit Zigarette im Mund)*: Er kam irgendwann zurück und war nicht mehr derselbe. Nervte unendlich rum. Dauernd mußten wir uns anhören, was er alles über Erdkunde wußte, Hauptstadt hier, Hauptstadt da, die breitesten Flüsse und sonstwas. Und irgendwann dann genau dasselbe mit der Bremer Straßenbahn. Er kannte alle Stationen auf allen Linien, betete sie ständig herunter, heute die Linie 6, morgen die Linie 3, das war vielleicht öde. Wir haben dann angefangen, ihn erstmal in die Duschräume der Turnhalle einzusperren, wenn's zu schlimm wurde. Hat auch nichts genützt.

Bild: Die Mutter und ihr Freund auf dem Sofa

MUTTER: Er war ja so weit weg, und ich hatte ja kaum Zeit, ihn zu besuchen. Ich kam ja zu nichts, es war so viel zu bedenken, wo doch mein Mann weg war, der furchtbare Mensch. Das war da in ... in ... – wie hieß das nochmal ... Schalke, da.

FREUND: Das heißt nicht Schalke, das heißt Gelsenkirchen.

MUTTER: Is ja gut. Ich war jedenfalls nur einmal da, und da war er so komisch, redete immer von seinem Ratefix-Lexikon und von fremden Ländern und so. Ich wußte gar nicht, was ich machen sollte. Immer nur Ratefix, Ratefix, und ich versteh davon ja nichts, ich bin dann nicht mehr hingefahren, er war ja auch bald wieder da. Er hatte ja nichts, von wegen TBC, ich hatte ja gleich gesagt ...

FREUND *(unterbricht sie)*: Du kannst ihm ja nicht vorwerfen, daß er keine TBC hatte, das geht ja nun auch nicht.

MUTTER: Tu ich doch gar nicht, das ist ja wohl die Höhe.

Bild: Michael, pfeifestopfend, gründlich und mit großem Showeffekt.

MICHAEL: Das mit den Umkleidekabinen, ja, das war nicht gerade nett, aber äußerst angezeigt. Wir haben das über die Jahre immer wieder gemacht. Er war ja kaum noch zu etwas zu gebrauchen, außer als Märtyrer, und auch das nicht so richtig, zu albern war das, auch wenn er den Märtyrer, glaube ich, recht gern gab. Man soll nicht denken, daß wir Sadisten waren, es war ein Geben und Nehmen, wir gaben, er nahm, so war es ja immer gewesen. Da will man seine Schulpause genießen und neben einem quasselt einer das ganze Register des Dierke-Weltatlas rauf und runter. Kann mir doch keiner erzählen, daß es ihm dabei immer wieder um Erdkunde ging! Und den möchte ich sehen, der an unserer Stelle ...

Bild: Eckhart auf dem Schulhof, von zweien an den Armen gehalten, ein dritter beugt Eckharts Kopf nach hinten, ein vierter schüttet Brausepulver aus Tüten in Eckharts Rachen. Eckhart würgt und schäumt.

MICHAEL *(Off)*: ... nicht versucht hätte, ihm mit Tütenbrause das Maul zu stopfen, und es war wirklich eine Erlösung für uns alle, wenn er daraufhin für eine Weile Ruhe gab. Auch und gerade für ihn!

FRED *(Off)*: Schade um die schöne Brause.

OTTO *(Off)*: O Mann, hat das geschäumt.

— Schulzentrum Huchting: Stätte schäumender Bildung —

Bild: Michael vor Hundertwasserdruck, pfeifeanzündend.

MICHAEL: Klar, wir hätten uns das auch schenken können. Hinterher ist man immer klüger. Wenn überhaupt!

Bild: Psychologin, Kriminalbeamter und Eckhart im Krankenhaus.

PSYCHOLOGIN *(während sie ihre Notizen durchsieht)*: Eckhart, was glauben Sie, warum Ihnen gerade Erdkunde zu dieser Zeit so wichtig war?

Bild: Eckhart, stumm, bemüht nachzudenken, ringt einige Sekunden mit sich. Überblendung – vor seinem Auge spielt sich folgendes Bild ab:

Bild: Eckhart (8) vor versammelter Mannschaft im Klassenzimmer, hinter sich die Tafel und eine große Landkarte, er spult ernsthaft und unaufhörlich eine Liste von Ländern und ihren Hauptstädten herunter...

ECKHART *(Off)*: Erdkunde, Erdkunde, ja, warum Erdkunde ... es mag lächerlich erscheinen ... und das war es natürlich auch. Erdkunde, alles war so klar und übersichtlich, die Hauptstadt Kolumbiens, da konnte niemand ...

Bild: Unaufhörlich redend, wird Eckhart immer aufgedrehter, weist auf die Karte hinter sich, zeigt hektisch auf diesen und jenen Punkt, schreit dabei das Publikum an ...

ECKHART *(Off)*: ... was gegen sagen, da konnte auch niemand mithalten, ich aber, ich mußte davon sprechen und war mir dennoch bewußt, daß alles ...

Bild: Eckhart wird von einem Radiergummi getroffen, zuckt zusammen, redet weiter, Papierflieger umschwirren ihn, Bleistifte fliegen, er redet weiter, man sieht seinen Erdkundelehrer einschreiten, er tritt mit ausgebreiteten Armen wie ein Beschützer vor Eckhart, der immer weiter redet und redet, ein Apfel wird geworfen, der Lehrer brüllt.

ECKHART *(Off)*: ... ganz und gar lächerlich war. Wie oft geschah es, daß ich meinen Klassenkameraden sagte, ›Hört, euch ist doch alles einerlei, mir aber nicht‹, und sie es mir nicht übelnahmen, sondern nur über mich lachten. Weil ich es ohne jeden Vorwurf gesagt hatte, einfach weil mir selbst doch irgendwo alles einerlei war.

Bild: Die Kinder in der Klasse toben und lachen, Spielfreund Fred wirft sein ganzes Pausenbrot auf Eckhart.

KRIMINALBEAMTER *(Off)*: Was habe ich mich heute morgen schon darauf gefreut, diese schönen Geschichten wieder zu hören.

ECKHART *(Off)*: Vielleicht spürten sie ja auch, daß mir alles einerlei war, und vielleicht war es das, was sie erheiterte. Sehen Sie, wenn mir auch alles einerlei war, so fühlte ich doch zum Beispiel den Schmerz, den fühlte ich doch. Hätte mich jemand geschlagen, so würde ich bestimmt den Schmerz gefühlt haben. Was ich sagen will: Ich hatte damals ganz aufgehört nachzudenken: mir war alles egal. Und wenn ich wenigstens schwierige Fragen zu lösen versucht hätte; aber ich gab ...

Bild: Eckhart im Klassenzimmer beginnt zu weinen, redet dabei aber immer weiter und weist ab und zu noch immer auf verschiedene Punkte auf der Karte. Der Lehrer brüllt immer weiter die Klasse an.

KRIMINALBEAMTER *(Off)*: Ich würde trotzdem gerne ...

PSYCHOLOGIN *(Off)*: Jetzt lassen Sie ihn doch mal!

Bild: Otto wirft sich vor Eckhart und fängt das Pausenbrot auf, das Fred geworfen hat. Wickelt es aus und beginnt gierig zu essen.

KRIMINALBEAMTER *(Off)*: Ja, ja, ja, ist ja schon gut, ich freu mich.

ECKHART *(Off)*: ... mich mit keiner solchen ab, und doch: wie viele gab es ihrer? Aber mir war alles einerlei, und die schwierigen Fragen entfernten sich ...

PSYCHOLOGIN *(sachte und verständnisvoll unterbrechend, im Off)*: Ja, das ist sicher gut zu verstehen, aber ...

KRIMINALBEAMTER *(im Off, lachend)*: Nee, nee, ausreden lassen ...

Bild: Weiße Schrift auf schwarz:

IV – Ich habe keine Fahrkarte!

Bild: Psychologin, Kriminalbeamter, Eckhart im Krankenhaus. Eine Stunde später. Die Psychologin hat den Kopf in die Hände gelegt. Der Kriminalbeamte hat die Jacke ausgezogen, die Krawatte gelockert und reinigt sich gut gelaunt mit einem Zahnstocher die Zähne.

ECKHART: … aber das ist ja alles lächerlich.

Bild: Es entsteht eine längere Pause. Die Psychologin hebt erschöpft den Kopf.

KRIMINALBEAMTER *(zufrieden lächelnd)*: Wie? War's das schon?

Eckhart, schaut vom einen zum anderen und schweigt zufrieden.

KRIMINALBEAMTER: Dann darf ich jetzt mal, ja?

PSYCHOLOGIN *(erschöpft)*: Ich habe erstmal keine Fragen mehr.

Bild: Eckhart nickt stolz.

KRIMINALBEAMTER: Ihr Lieben, das möchte ich mal vorwegschikken: Mich macht das hier froh, denn ich habe endlich verstanden und akzeptiert, wie das hier läuft. Es muß einfach so sein, daß wir hier über jeden, über absolut jeden, auch den lächerlichsten …

Bild: Eckhart nickt bei diesem Wort befriedigt.

KRIMINALBEAMTER: … auch den aller-, aller-, allerlächerlichsten Kinderkram reden müssen, denn so läuft das ja psychologisch, nicht wahr? Und es fängt ja immer alles, alles, alles in der Kindheit an, nicht wahr?

Bild: Der Kriminalbeamte schaut sich grinsend um. Eckhart nickt überzeugt. Die Psychologin reibt sich die Augen.

KRIMINALBEAMTER *(zufrieden)*: Und ich bin dafür, Freunde. Es ist mir ja recht. Es muß ja wohl sein, und ja, mein Gott, dann muß es ja wohl sein. Aber wenn ich mir was aussuchen dürfte ... Darf ich das? Hm? Darf ich das einfach mal? *(Hebt die Akte hoch.)* Ich würde so gern mal über was reden, was viele Räder hat, auf Schienen fährt und dennoch kriecht wie eine Schnecke!

Bild: Eckhart schaut verdutzt. Ebenso die Psychologin. Der Kriminalbeamte macht zufrieden eine Kunstpause. Dann:

Kriminalbeamter: Die Straßenbahn, ihr Lieben, die Bremer Straßenbahn. Wir haben ja schon gehört, daß unser junger Mann hier so ein Genie war.

Eckhart: Das war nur Erdkunde. Das war nicht schlimm. Das war nur lächerlich.

Kriminalbeamter: Nicht nur Erdkunde, seien Sie nicht so bescheiden, Herr Neumann – Sie waren doch genauso eine Leuchte in Sachen Straßenbahn. Nicht wahr? Sie konnten alle Stationen der Bremer Straßenbahn auswendig? War doch so, oder?

Bild: Eckhart nickt zustimmend und zufrieden.

Kriminalbeamter: Na, dann reden wir doch einfach mal über die Straßenbahn.

Bild: Der Kriminalbeamte wedelt mit der Akte.

Kriminalbeamter: Da freue ich mich drauf.

Eckhart: Ich bin ein lächerlicher Mensch, aber jetzt ...

Psychologin *(ihn barsch unterbrechend)*: Ja, ja! Was ist das für eine Akte.

Kriminalbeamter *(sie nachäffend)*: Was ist das für eine Akte, was ist das für eine Akte. Vorbestraft, so eine Akte ist das. Vorbestraft wegen Beförderungserschleichung in sechzehn Fällen. Manche sagen Schwarzfahren, aber das ist kein juristischer Begriff, bei den Juristen heißt es Beförderungserschleichung. Ich mag das Wort, Beförderungserschleichung, Beförderungserschleichung ... *(Lacht.)*

Psychologin: Was hat denn das jetzt ...

Eckhart *(unterbricht sie mit sanfter Stimme)*: Aber das war ja viel später. Das hat jetzt mit Erdkunde so direkt natürlich gar nichts zu tun.

KRIMINALBEAMTER: Nein, mit Erdkunde hat das so direkt gar nichts zu tun. Reden wir also mal über die Straßenbahn. Wie war denn das mit der Straßenbahn?

ECKHART: Interessiert Sie das wirklich?

KRIMINALBEAMTER: Nein, das interessiert mich nicht wirklich. Mich interessiert, was in den letzten Wochen Ihres Lebens passierte. Mich interessiert, was wer wie und warum ein Großfeuer in einer Spinnersiedlung in Huchting auslöste, wer dort gelebt hat, was aus den Leuten geworden ist und welche Rolle Sie dabei gespielt haben. Das interessiert mich. Wenn Sie schon fragen. Das interessiert mich wirklich. Wollen Sie mir das sagen? *(Brüllt:)* Wollen Sie mir das sagen, vielleicht mal endlich?

ECKHART *(sanft)*: Also das mit der Straßenbahn, das Schwarzfahren, das war sicher auch lächerlich, wenn man heute so darüber nachdenkt.

> Bild: Eckhart, 9 Jahre, steigt aus einer Straßenbahn aus, in eine andere ein, blickt während der Fahrt aus dem Fenster, studiert Fahrpläne, wird von einem Straßenbahnfahrer durchgeschüttelt.

MUTTER *(Off)*: Hätte er wenigstens das Fahrrad gelernt, vieles wäre einfacher gewesen. Aber er war eben eins der Kinder, die nicht Fahrrad fahren konnten, na und? Deswegen …

> Bild: Eine asphaltierte Straße, die zu Garagen hin ausläuft. Eckhart, 9jährig, eiert auf einem Kinderfahrrad herum, stürzt ein- ums andere Mal, dieweil Fred, Otto und Michael, die ihre Bonanza-Räder an Mülltonnen gelehnt haben, ihn dabei lachend beobachten. Kaum, daß Eckhart ein Minimum an Sicherheit gewinnt, schreit Otto: Vorsicht! Eckhart erschrickt und stürzt.

MUTTER *(Off)*: … war er noch lange kein schlechter Kerl, in der Schule wurde er auch immer besser, auch wenn das dann mit der Straßenbahn anfing. Mein Gott, manchmal wußte ich wirklich nicht mehr weiter, manchmal brachten ihn die Kollegen meines Mannes zweimal die Woche, da …

Bild: Eckhart, 9 Jahre, steigt aus einer Straßenbahn aus, in eine andere ein, blickt während der Fahrt aus dem Fenster, studiert Fahrpläne, wird von einem Straßenbahnfahrer durchgeschüttelt.

Bild: Eckhart, wie sich sein Hosenbein in der Fahrradkette verfängt und er stürzt. Fred, Otto und Michael sitzen am Straßenrand und spielen Quartett.

MUTTER (*Off*): ... hab ich mir einiges anhören müssen, aber er sprach nicht viel drüber. Fahren ohne Fahrschein, der Sohn eines Straßenbahners, der sowieso umsonst hätte fahren dürfen! Aber sein Vater ...

Bild: Vater daheim, vor dem Rasierspiegel, ein Pflaster auf die Nase klebend. Er legt sich die Accessoires für die Rasur am Morgen zurecht.

VATER: Wie sich nach nicht allzu kurzer Frist leider erweisen sollte, war meine Maßnahme, für ...

Bild: Eckhart, 9 Jahre, steigt aus einer Straßenbahn aus, in eine andere ein, blickt während der Fahrt aus dem Fenster, studiert Fahrpläne, wird von einem Straßenbahnfahrer durchgeschüttelt.

VATER (*Off*): ... den Jungen den Angehörigenausweis, mit dem er jederzeit alle Strecken im Betriebsnetz hätte bereisen dürfen, nicht zu beantragen, mehr als richtig.

Bild: Mutter mit Freund auf Sofa.

MUTTER: Als Kind eines Straßenbahners hätte er doch umsonst fahren können. Aber glauben Sie, der hätte sich darum gekümmert, der Vater? Nix. Ich mußte ihm schließlich eine Monatsmarke kaufen, die sollte er dann immer an einer Kordel um den Hals tragen, damit er sie nicht vergißt.

Bild: Eckhart (9) und seine Mutter, die versucht, ihm die Monatskarte umzuhängen.

MUTTER (*Off*): Das sieht lächerlich aus, das will ich nicht, sagte er nur. Ich sagte noch, das kannst du doch unters Hemd stecken, aber er hat gesagt, das kratzt. Und ich sagte, du kannst die Karte doch wenigstens in die Hosentasche stecken, damit du sie herzeigen kannst ... Aber immer dieses Schwarzfahren, das war ja furchtbar ...

Bild: Straßenbahner bei der Arbeit, während der Fahrt seinen Kollegen über Funk durchgebend:

STRASSENBAHNER: Der junge Neumann, Kollegen, Höhe Neuenlander Straße.

VATER *(Off)*: Peinlich war das, richtig peinlich.

Bild: Eckhart, 9 Jahre, steigt aus einer Straßenbahn aus, in eine andere ein, blickt während der Fahrt aus dem Fenster, studiert Fahrpläne, wird von einem Straßenbahnfahrer durchgeschüttelt.

VATER *(Off)*: Er wurde langsam zum Betriebsmaskottchen. Die Kollegen wußten alle Bescheid, und wenn sie sich einen Spaß machen wollten, kontrollierten sie ihn. Da war für mich irgendwann Matthäi am Letzten.

Bild: Eckhart (9), wie er vor einem Kontrolleur in Zivil hektisch auf- und abspringt.

ECKHART *(auftrumpfend)*: Ich habe keine Karte, ich habe keine.

KONTROLLEUR *(jovial)*: Klar hast du eine, ich kenn dich doch, du bist doch der kleine Neumann. Wenn das dein Vater wüßte.

ECKHART: Ich habe keine Karte.

KONTROLLEUR *(dem das peinlich ist)*: Na gut, die BSAG spendiert dir ein Ticket. *(Ruft laut über die Schulter zum Fahrer:)* Erwin, der junge Neumann schon wieder.

ECKHART: Ich will keine Karte, und ich habe keine Karte.

Bild: Straßenbahn hält an Haltestelle. Eine Tür geht auf und Eckhart fliegt in hohem Bogen raus.

Bild: Eckhart im Krankenhaus.

ECKHART: Ich habe keine Karte. Ich habe keine Karte, ich habe keine Karte, ich habe keine ...

Bild: Vater, nunmehr verarztet und einen Cognacschwenker in der

Hand, im Hintergrund die blauen Marx-Engels-Werke samt Supplementbänden und die gesammelten Fahrpläne der DB und BSAG, auch Kursbücher.

VATER: Hatte immer keine Karte. Obwohl er eigentlich zwei hatte, von Haus aus. Interessante Konstruktion das *(sinnt nach)*: Immer keine, immer keine, das erinnert in dieser Form an Platon natürlich. Eckhart aber sicher nicht.

Bild: Psychologin, Kriminalbeamter und Eckhart im Krankenhaus.

KRIMINALBEAMTER: Wie alt waren Sie da? Zehn oder so? Ich meine, wovon Sie jetzt reden, das ist die versuchte und im Ansatz schon

— Wie die Welt auch sein muß: Keine Fahrkarte, keine Bahn —

gescheiterte doppelte Vorspiegelung einer Beförderungserschleichung. Mein Gott, was mache ich hier eigentlich? *(Muß lachen.)*

ECKHART: *(Lacht fröhlich mit.)*

PSYCHOLOGIN: Kann man sagen, Eckhart, daß Sie Ihren Vater suchten? Oder *(verwirrt)* Ihre Murmeln?

ECKHART: Man kann sagen, ich war ein lächerlicher Mensch. Sehen

Sie, mit jedem Jahre wuchs und befestigte sich in mir das Bewußtsein meiner Lächerlichkeit in jeder Beziehung. Von allen und immer wurde über mich gelacht. Aber keiner von ihnen wußte oder ahnte, daß, wenn ein Mensch auf der Welt mehr als alle anderen meine Lächerlichkeit erkannte, dieser Mensch ich selbst war, und eben dies war für mich das Kränkendste, daß sie das nicht wußten.

KRIMINALBEAMTER *(langmütig)*: Wir ahnen, was Sie sagen wollen, Neumann, und ...

PSYCHOLOGIN *(unterbricht den Kriminalbeamten)*: Woher wissen Sie das eigentlich? Ich meine, sind wir schon so weit, daß die Polizei Akten hat über zehnjährige Kinder?

Bild: Eckhart, 9 Jahre, steigt aus einer Straßenbahn aus, in eine andere ein, blickt während der Fahrt aus dem Fenster, studiert Fahrpläne, wird von einem Straßenbahnfahrer durchgeschüttelt.

KRIMINALBEAMTER *(Off)*: Nein, die Polizei hat keine Akten über zehnjährige Kinder. Nein, wir geben uns nicht mit Vortäuschungen von Beförderungserschleichungen ab. Meine Akte ist von später, viel später.

ECKART: Und ob das viel später war, das ist doch klar, das andere war ja viel früher, weil ja damals auch die Linie 4 noch fuhr, wissen Sie, die alte Linie, die nach Horn ging, das ich auf diese Weise zu sehen bekam, obwohl auch dort das Bewußtsein meiner Lächerlichkeit ...

PSYCHOLOGIN *(zügelt sich)*: Jetzt ist aber mal gut, ja? Kommen wir doch einfach mal wieder auf Ihren Vater zurück.

ECKHART: ... über alles Maß in mir wirkte. Die Linie 4, die ja sehr spät erst ...

PSYCHOLOGIN *(schreit ihn an)*: Herr im Himmel! Ihr Vater, verdammt nochmal, Eckhart, haben Sie Ihren Vater wiedergesehen?

ECKHART *(sanft, träumerisch)*: Mein Vater, ach ja, mein Vater ... Damals hörte ich plötzlich auf, mich über die Menschen zu ärgern ...

Bild: Fahrpreisdemonstration 1968, eine Gruppe Demonstranten, etwas abseits der Kundgebung auf dem Marktplatz, steht mit Transparenten, auf denen ›Schienenblockade gegen Fahrpreiserhöhungen‹ geschrieben steht, auf den danebenliegenden Straßenbahngleisen; mit dabei als Nesthäkchen: Eckhart. Der Straßenbahnfahrer steigt aus, es ist Eckharts Vater. Er geht auf Eckhart zu, gibt ihm eine Ohrfeige, steigt wieder in die Straßenbahn und fährt klingelnd weiter, auf den blockierenden Eckhart zu, der von den anderen Demonstranten zur Seite gezogen wird. Die Straßenbahn wird durchgelassen.

ECKHART (*Off*): ... und begann, sie fast gar nicht mehr zu bemerken. Wirklich, das äußerte sich sogar in den geringsten Kleinigkeiten; es passierte zum Beispiel nicht selten ...

Bild: Eckhart steht an einer Straßenbahnhaltestelle. Gegenüber hält eine Straßenbahn. Der Vater steigt aus, kommt herüber und gibt Eckhart eine Ohrfeige und steigt wieder ein und fährt weiter.

ECKHART (*Off*): ... daß ich, wenn ich auf der Straße ging, mit den Leuten zusammenstieß. Und nicht etwa infolge tiefen Nachdenkens: ...

Bild: Psychologin, Kriminalbeamter und Eckart im Krankenhaus.

KRIMINALBEAMTER: Nein, nein, bestimmt nicht infolge tiefen Nachdenkens.

Bild: Eckhart nickt zustimmend.

ECKHART: Worüber hätte ich denn auch nachdenken sollen?

Bild: Schrift weiß auf schwarz:

V – gestrichen (apokryph)

— indiziert —

Bild: Schrift weiß auf schwarz:

VI – Tage später: erste Steckrüben!

Bild: Der Kriminalbeamte und die Psychologin treffen vor einem Fahrstuhl des Krankenhauses aufeinander.

KRIMINALBEAMTER: Moin!

PSYCHOLOGIN: Moin!

Bild: Sie stehen eine Weile routiniert schweigend nebeneinander im Aufzug. Dann:

KRIMINALBEAMTER: Und? Gestern noch einen schönen Abend gehabt?

PSYCHOLOGIN: Normal.

KRIMINALBEAMTER: Tja ... bei mir auch. Mal sehen, was heute der Tag so bringt!

PSYCHOLOGIN: Das Wichtigste ist doch, daß man Arbeit hat.

KRIMINALBEAMTER: Und Gesundheit, die ist auch wichtig.

PSYCHOLOGIN: O ja, die auch.

Bild: Die Fahrstuhltür öffnet sich, und Eckhart steht dort. Er lächelt lieb und breitet segnend die Arme aus.

ECKHART: O! Schön! Ich habe auf euch gewartet.

PSYCHOLOGIN: Das ist schön, Eckhart. Es ist schön, wenn einer einen erwartet. Ich freu mich auch.

KRIMINALBEAMTER: Ich auch. Aber sowas von!

ECKHART: Kommt doch gleich mal mit in mein Vernehmungszimmer!

Bild: Die Psychologin und der Kriminalbeamte schauen sich an.

PSYCHOLOGIN: Hat er ›mein Vernehmungszimmer‹ gesagt?

KRIMINALBEAMTER: Er hat ›mein Vernehmungszimmer‹ gesagt!

PSYCHOLOGIN: Stark!

Bild: Eckhart, Kriminalbeamter und Psychologin in ihrem Zimmer im Krankenhaus, das Eckhart an allen Wänden mit kindhaft gemalten Bildern geschmückt hat. Die Psychologin geht an diesen Bildern entlang, sagt aber nichts. Der Kriminalbeamte setzt sich, ebenso Eckhart, der auch den Tisch geschmückt hat, mit einer Tischdecke, drei Kaffeetassen und vier großen Blumenvasen mit Blumen darin.

KRIMINALBEAMTER: Mensch Eckhart, das ist ja richtig gemütlich, was? Haben Sie das alles gemacht?

ECKHART *(nickt stolz)*: Ich will doch, daß wir uns alle drei hier immer wohlfühlen!

PSYCHOLOGIN: Haben Sie auch diese Bilder gemalt?

ECKHART: Aber setzen Sie sich doch, kommen Sie zu uns.

PSYCHOLOGIN: Alle gestern abend? Mit den Buntstiften, die ich Ihnen gegeben habe?

ECKHART *(nickt stolz)*: Das habe ich alles für uns gemacht.

PSYCHOLOGIN: Und dann gleich hier aufgehängt?!

ECKHART *(nickt stolz)*: Ja, für Sie. Extra für Sie. *(Zum Kriminalbeamten:)* Und für Sie natürlich auch. Für uns.

KRIMINALBEAMTER: Mit Tesa! Wo hatten Sie das denn her?

ECKHART *(lächelt lieb)*: Mit Tesa! Finden Sie das lächerlich?

PSYCHOLOGIN *(die Bilder betrachtend)*: Hm ... Was ist das auf diesen Bildern, Eckhart?

Bild: Auf den Bildern sind nur Rüben zu sehen, pro Bild eine große Rübe.

KRIMINALBEAMTER *(lacht)*: Sieht aus wie Steckrüben.

PSYCHOLOGIN *(streng)*: Können Sie sich nicht mal raushalten mit Ihren Witzen?

KRIMINALBEAMTER: Schon gut, schon gut!

PSYCHOLOGIN *(seufzt)*: Also, Eckhart: Was soll das denn nun darstellen auf den Bildern?

ECKHART: Steckrüben!

PSYCHOLOGIN *(zum Kriminalbeamten)*: Das haben Sie nun davon, verdammt noch mal! *(Zu Eckhart:)* Im Ernst, Eckhart, Sie brauchen nicht Steckrüben zu sagen, weil der das schon gesagt hat, wenn Sie nicht wirklich Steckrüben meinen. Okay?

ECKHART *(begeistert)*: Ja!

PSYCHOLOGIN: Also, Eckhart: Was ist denn das auf den Bildern?

ECKHART: Steckrüben. Es gibt nichts Besseres!

PSYCHOLOGIN *(verärgert)*: Lassen wir das, reden wir später noch mal drüber.

KRIMINALBEAMTER: Genau. Verschieben wir die Kunstkritik auf später.

ECKHART *(trotzig)*: Steckrüben, Steckrüben, Steckrüben!

KRIMINALBEAMTER: Okay, okay! Tut mir leid. Eckhart, mal was ganz anderes, ich meine, bei allem, was Sie hier lang und breit über ihre Jugend erzählen und erzählt haben und noch erzählen werden, fällt mir auf, daß eins dabei irgendwie nie vorkommt.

ECKHART: Was?

KRIMINALBEAMTER: Mädchen. Haben Sie auch mal was mit Mädchen gehabt?

ECKHART: Äh … – also … *(verstummt)*.

KRIMINALBEAMTER: Naja, oder Frauen eben!

PSYCHOLOGIN *(irritiert)*: Bitte?

KRIMINALBEAMTER *(zur Psychologin)*: Naja, das interessiert mich halt. *(Zu Eckhart:)* Na los, erzählen Sie doch mal, Eckhart, Sie reden doch so gern!

ECKHART *(verwirrt)*: Reden, ja, reden, wovon?

KRIMINALBEAMTER: Na, von Frauen natürlich.

ECKHART: In der Tat, Frauen natürlich. Sowas interessiert Sie? Auch wenn es lächerlich ist? Ganz lächerlich?

KRIMINALBEAMTER: Nun ja, auch dann. *(Lacht:)* Gerade dann!

PSYCHOLOGIN *(verdreht wieder die Augen)*: Sind wir jetzt schon soweit, ja? Daß eine Beziehung zu einer Frau lächerlich ist? Na, da haben sich ja zwei gefunden!

ECKHART *(auf nichts eingehend)*: Aber ahnen Sie es denn nicht? Meine erste Frau war nur eine Einbildung, eine Projektion, wenn Sie wissen, was ich meine. Sehr lächerlich.

KRIMINALBEAMTER: Oho! Projektion! Ja, ich glaube, daß ich weiß, was Sie meinen, Eckhart. Und die Kollegin hier, die weiß das ganz bestimmt!

PSYCHOLOGIN: Projektion? Daß ich nicht lache!

ECKHART: Sie lachen nicht? Das ist sehr freundlich, denn es war, wissen Sie, als meine Klassenkameraden mich mal wieder in die Umkleidekabine gesperrt hatten. Es war Freitag, nach der sechsten Stunde, und nachmittags wurde kein Unterricht mehr erteilt.

> Bild: Lange Traumsequenz: Eckhart im südamerikanischen Dschungel gefangen in einer Raubtierfalle, einem Bambuskäfig, der zwischen zwei Bäumen baumelt. Um ihn her Schildkröten, Wellensittiche (sic!), Schlangen, Jaguare, im Hintergrund kämpft eine Horde leichtbekleideter Amazonen um das Vorrecht, Eckhart befreien zu dürfen. Deren schönste, klügste, stärkste und vollbrüstigste siegt, und mit einem Messer zwischen den Zähnen und einer Glasmurmelkette um den Hals schwingt sie sich vermittels einer Liane an den Käfig heran und zerschneidet das Seil, das die Käfigtür verschlossen hält. Dann platzt der Traum und aus dem Gesicht der Frau wird das Gesicht eines schwitzenden Lehrers, der ein Springseil um die Schultern gelegt hat und ein Goldkettchen trägt.

ECKHART *(dazu im Off)*: Ich war wohl auf den Holzbänken eingeschlafen und vielleicht auch ein wenig benebelt, und mir träumte, daß ich gerettet werden würde, sie war sehr schön, sehr stark und sehr klug. *(Er zögert.)* Tatsächlich war es mein Erdkunde- und Sportlehrer, der mich befreite. Aber das machte nichts, er war ein sehr liebenswürdiger Mensch. Der einzige, der von Erdkunde wenigstens ein bißchen was verstand.

Bild: Mutter, die auf ihrem Sofa hin- und herrutscht, ihr Freund wirkt beunruhigt.

MUTTER *(erregt)*: Vom anderen Ufer war der, und von nirgendwo sonst, auch wenn man ihm nichts beweisen konnte. Frauen spüren sowas, da haben wir einen Blick für, allein, wie der schon geguckt hat. Ein Elternabend hat da genügt, das zu wissen. Aber wo soll man sich heutzutage denn schon beschweren? Die haben doch alle Dreck am Stecken.

FREUND *(freut sich vorab schon über seine Bemerkung)*: Im wahrsten Sinn des Wortes!

Bild: Eckhart und sein Lehrer im Roland-Center, eislutschend in den Wandelgängen, der Lehrer geht in eine Teestube, Eckhart schlendert hinterher. Eckhart sieht Karin, die in der Teestube arbeitet. Sie schaut ihn an. Er schaut sie an, Eckhart gebannt, Karin uninteressiert. Streichermusik erklingt.

ECKHART *(währenddessen im Off)*: Er kaufte mir ein Eis. Aber das war mir nicht wichtig. Wichtig war, daß er mir für das Roland-Center die Augen öffnete. Irgendwie war ich danach freier, erwachsener. Eine neue Welt hatte sich mir aufgetan, und sie war bevölkert von Gras, Steinen, Luft und Wärme. Das wahre Roland-Center. Die Teestube im Roland-Center. Und Karin. Sie war das reinste und vollkommenste Geschöpf, das ich je gesehen hatte. Alle Menschen dort, so schien es mir, waren rein und edel. Und schön.

Bild: Eckhart (in der Teestube), verzückt schauend, schauend, schauend, dazu immer weiter Streichermusik.

KARIN *(derweil im Off)*: Gott ja, der Eckhart, Mensch, der Eckhart. Als der damals auftauchte, das war vielleicht lästig und peinlich, hat mich immer angestarrt, das konnte einem den letzten Nerv rauben.

Ich mein, gut, ich war das ja gewohnt, aber ein Zwölfjähriger? Ich war ja damals schon sechzehn. Er war ja ganz niedlich. Daß der sich überhaupt schon für Frauen interessierte …

Bild: Eckhart im Krankenhaus.

ECKHART: Karin, die Teestube, das Roland-Center, ich glaubte daran. An diese drei Dinge! Ich war ein anderer. Glaubte ich. Viele Dinge waren anders.

Bild: Eckhart spätabends barfuß auf einem Marsch an Straßenbahngleisen entlang. Ab und zu winkt er einem Straßenbahnfahrer zu. Mehrmalige Überblendung mit baugleichen Szenen, immer Eckhart zu Fuß unterwegs, wie er Straßenbahn- und Busfahrern zuwinkt. Manchmal winkt einer zurück, manchmal auch die ganze Straßenbahn.

ECKHART *(dazu im Off)*: Ich hatte durch Karin, durch die Teestube, durch das Roland-Center meinen Frieden mit der Welt gemacht. Friede, Karin, Tee, das waren die Sterne, denen ich folgte! Ich war zwölf und lief lieber barfuß als alles andere, ich befand mich zu Fuß im tiefsten Einklang mit der Natur, begann meine Sinne zu öffnen für Bewegung, für das freundliche Wirken der Elemente, begann auch, mich für ceylonesischen und madegassischen Tee zu interessieren …

Bild: Eckhart in der Teestube, gebeugt eine Tasse Tee schlürfend, auf Karin und vor allem ihre Brüste schielend.

ECKHART *(Off)*: … für Mischungen, Aromen, Schriftzeichen anderer Kulturbereiche. Daß alles irgendwie auch anders nicht nur sein konnte, sondern vermutlich auch war, schien mir nun die tiefere Einsicht in das Wesen des Fernen, Fremden zu sein, tiefer zumindest als die Differenz, die sich zur Welt der schnöden, aber interessanten Tatsachen ergibt, daß also – ja, welches Beispiel geb ich euch jetzt mal – … daß etwa der Kanschendschunga …

Bild: Karins Brüste in Großaufnahme.

Eckhart *(Off)*: ... doch gut 3780 Meter höher ist als der Mont Blanc und Luftlinie ... ja, das könnt ich jetzt in der Tat nur in Annäherung schätzen ...

Bild: Mutter auf Sofa.

Mutter: Er war plötzlich nicht mehr wiederzuerkennen. Ganze Abende blieb er weg, ohne daß ich wußte, wo er war.

Bild: Eckhart (12) spricht in der Teestube 16- bis 18jährige Jugendliche an, die aber offensichtlich nicht mit ihm reden wollen. Er ist verwildert, die Haare sind länger, das Gesicht von aufkommendem Bartwuchs etwas angeschmuddelt, er trägt ein T-Shirt mit Peace-Zeichen. Das geht so eine ganze Weile, er redet, die anderen versuchen ihn zu ignorieren, aber er redet immer weiter. Dann Eckhart am Sodenmattsee, wie er sich abends mit an ein Lagerfeuer setzt und zuschaut, wie die anderen Würstchen grillen und Joints herumreichen. Niemand bietet ihm was an. Eckhart auf dem Schulhof als Außenseiter, wie er mit Peace-T-Shirt bei einer Schlägerei als Friedensstifter zwischen seinen Mitschülern mit großer Geste dazwischengeht, worauf er von beiden kämpfenden Parteien verprügelt wird.

Mutter *(dabei im Off)*: Das war auch eine schlimme Zeit. Er redete damals überhaupt nicht viel, wenigstens nicht mit mir. Aber seine Haare wachsen lassen, das konnte er, richtig lange Haare hatte der, aber sowas von lang, tja, heute ist das ja normal, aber damals, ich mußte mich da erstmal dran gewöhnen, das paßte alles gar nicht zu ihm, er war doch eigentlich ein ganz Lieber, und dann sah er plötzlich aus wie der Räuber Hotzenplotz, dabei war er doch erst zwölf und wollte schon so ein richtiger Hippie sein, so ein Hippie, Sie wissen schon, sogar einen Bart hat er sich wachsen lassen, glaube ich ...

Bild: Mutter und Freund auf Sofa.

Freund: Bart? Mit zwölf? Glaub ich nicht!

Mutter: Was weißt du denn schon!

Freund: Mit zwölf? Glaub ich nicht!

MUTTER: … das sah bei ihm immer ganz schmuddelig aus im Gesicht, das war schlimm, und sein Lieblings-T-Shirt, ein weißes, das mit dem Zeichen, wie heißt das noch mal, diese Gabel im Kreis, wie heißt die nochmal?

FREUND: Das Peace-Zeichen?

MUTTER: Genau, das Peace-Zeichen, das ging jedenfalls gar nicht mehr sauber, ich habs dann irgendwann genommen und dann nichts wie ab in den Müll, ganz tief unten, ganz sauber hab ichs ja nicht mehr gekriegt, das war wohl auch nicht ganz richtig, was hat er getobt, als das nicht mehr da war.

FREUND: Nein, ganz richtig war das wohl nicht!

MUTTER: Na und? Darf ich denn keine Fehler machen, muß ich perfekt sein? Ich bin ja auch nur ein Mensch!

FREUND: Sicher.

Bild: Karin heute, in der Teestube, einen Kunden bedienend und dabei in die Kamera sprechend.

KARIN: Er war immer da. Immer. Dauernd, ich meine, dauernd war er da, sogar vormittags, da kam er manchmal für fünf Minuten rein und starrte mich an, das waren wohl Schulpausen oder was. Immer war der da, vor meinen Freunden wurde mir das bald echt peinlich. Wenn er wenigstens ruhig gewesen wäre, aber er plapperte immer dazwischen, meistens irgendwas mit Erdkunde und Bergen und so …

Bild: Teestube. Karin, die Eckhart aus der Tür schubst, Eckhart, der wieder hineingeht, einer von Karins Freunden (Heinz, Herbert, Heinrich), der ihn wieder hinauswirft, Eckhart, der wieder hineingeht, Karin und zwei Freunde bauen sich für ein Photo auf, das Photo wird gemacht, man sieht das Photo, von links ist verwaschen der ins Bild springende Eckhart zu sehen.

KARIN *(Off)*: … Himalaya, was weiß ich, dabei hatte er meistens nicht mal Geld für einen Tee, aber wenn, dann trank er irgendwas ganz Teures, ein Zwölfjähriger bestellt einen First Tippy Golden Flowery

Orange Pekoe, mein Gott, dabei bekam er anfangs sogar ab und zu was von mir spendiert, damit er mal ruhig ist. Aber irgendwann wollten wir ihm alle nur noch eine schallern, weil er nicht loszuwerden war, aber das machte man damals ja nicht, so Kleinere hauen, und ich sagte den Jungs, das geht doch nicht, das bringt nichts, so kriegt man den nicht los, und am Ende hatten wir uns dann mit ihm abgefunden und ihn sowas wie adoptiert, weiß gar nicht, wie das

— Wo die Teestube wohnt —

gekommen war, irgendwann gehörte er dazu, obwohl ihn keiner wollte. *(Staunend:)* Irgendwie hat er sich durchgesetzt.

Bild: Eckhart im Krankenhaus.

ECKHART *(lächelnd)*: Sie nannte mich eine ägyptische Plage, die Karin, dabei hatte ich sie ja nur lieb, sehr lieb.

Bild: Eckhart liegt am Nacktbadestrand auf dem Bauch, in der Nähe von Karin und ihren Freunden, jene ebenfalls nackt und ihn nicht beachtend.

ECKHART *(Off)*: Die anderen liebte ich auch, ich war ja ein ganz und gar lächerlicher Mensch, wie hätte ich sie nicht liebhaben können. Dabei redeten sie oft nur über Karins Brüste, das tat mir weh.

Bild: Heinz, heute, lange Haare, aber zu einem Zopf zusammengebunden, Typ Werber.

HEINZ: Er redete die ganze Zeit nur über Berge, Himalaya, Anden, Kaukasus – da muß man nicht Psychologie studiert haben, um zu wissen, was für Berge er da eigentlich meinte.

ECKHART *(im Krankenhaus)*: Dabei war ich schon damals der Meinung ...

Bild: Karin, Nahaufnahme, Kopf und Busen, am Nacktbadestrand.

ECKHART *(Off)*: ... kein Mann habe das Recht, die Brüste einer Frau überhaupt nur wahrzunehmen, geschweige denn darüber zu reden. Das ist doch ungerecht, mein Gott, diese Benachteiligung, sie können doch nichts dafür.

Bild: Michael, heute, vor der Bremer Uni sein Fahrrad aufschließend, Helm aufsetzend, Metallklammern an die Hosenbeine steckend. Auf dem Schutzblech ein ausgeblichener Aufkleber: ›Stop den Berufsverboten!‹

MICHAEL: Plötzlich war alles anders mit ihm. Wir sahen ihn kaum noch, selbst in den Schulpausen war er oft verschwunden. Und er begann so auszusehen, wie wir ein paar Jahre später alle aussehen sollten.

Bild: Michael (als 12jähriger) drückt Eckhart gegen einen Bauzaun, Otto und Fred arbeiten gemeinsam daran, ihn an ebendiesem festzunageln, erst die Arme, dann die Beine, indem sie Nägel durch seine Kleidung (zottelige Jacke, Breitcordhosen mit Schlag) treiben. Am Ende treten sie zurück und besehen sich das Ergebnis.

MICHAEL *(im Off dazu)*: So jesusmäßig eben. Wir haben das damals noch gar nicht verstanden. Er war uns durchaus voraus. Aber wie wir Kulturwissenschaftler immer sagen: Zu früh ist auch kein gutes Timing. Und er war sowieso kaum noch zu sehen. Wir mußten uns ziemlich ins Zeug legen, damit wir ihn mal ganz für uns hatten!

FRED *(im Off dazu)*: Das war ja das Problem. Nie konnte man sich auf ihn verlassen. Sprunghaft, das war er. Heute so einer, morgen so einer. Irgendwie unseriös. War ja klar, daß das mal ein schlimmes Ende mit ihm nimmt.

Bild: Fred in der Mensa, gerade mit Essen fertig und während er sich den Mund abwischt.

FRED: Hat es doch, oder nicht?

Bild: Eckhart, 12, in der Teestube. Fred, Michael und Otto kommen herein, Eckhart will sie fernhalten und gestikuliert heftig, daß sie abhauen sollen. Im Hintergrund Karin, Herbert und Heinz.

MICHAEL *(im Off)*: Wir kriegten dann heraus, daß er immer im Roland-Center rumhing. In der Teestube. Das fanden wir eher öde. Wir gingen nur hin, um ihn ein bißchen zu ärgern. Wie man halt so ist in dem Alter.

Bild: Herbert heute, Referendar, Ende 20, in der WG-Küche im Souterrain eines alten Bremer Hauses in Bremen-Peterswerder, baut sich gerade einen Joint.

HERBERT: Er war dann immer dabei. Bei allem. Immer. Ich dachte schon, das ist ja nicht normal, daß der keine Freunde im gleichen Alter hat, ich meine, echt mal, das macht einen dann doch irgendwie traurig, der arme kleine Stinker.

Bild: Abend in Huchting, damals. Herbert, Heinz und einige andere Jungs und Mädchen gehen mit Karin zusammen eine Straße in Huchting entlang, in einiger Entfernung läuft Eckhart hinterher.

Bild: Karin und einige Freunde liegen auf Matratzen und Kissen und hören Musik, Eckhart gießt Tee ein und nickt ebenso wie die anderen zur Musik.

Bild: Herbert liegt im Bett mit Karin, Eckhart fuhrwerkt mit dem Staubsauger im Zimmer herum. Ab und zu bückt er sich und hebt irgend etwas auf. Darunter auch einen BH von Karin, den er sich heimlich in die Hose stopft.

Bild: Karin und Freunde in einer großen WG-Küche. Alle rauchen Joints. Eckhart wäscht ab.

HERBERT *(dabei im Off)*: Irgendwie ging eine Menge Zeit ins Land, und wir merkten kaum noch, daß er da war. Er war eher wie ein kleiner Hund oder so, ganz niedlich, sehr anhänglich und manchmal auch sehr lästig.

Bild: Eckhart, wie er im Badezimmer putzt. Er wühlt zwischendurch im Wäschekorb und fischt einen BH hervor und stopft ihn sich in die Hose.

Bild: Eckhart im Schlafanzug, in seinem Jugendzimmer, spätabends, wie er sich einen BH aus der Hose zieht. Und dann noch einen. Er wirft sie in eine Schublade, die voller BHs von Karin ist.

KARIN *(dabei im Off)*: Irgendwie war er ja auch ganz großartig in seiner Hilfsbereitschaft, also er hat schon versucht, sich nützlich zu machen …

Bild: Karin in ihrem Zimmer. Herein kommt Eckhart mit einer sehr ausgebeulten Hose und einem Arm voll Wäsche, die er auf einen Wäscheständer hängt.

KARIN *(währenddessen im Off)*: … das war schon eigentlich nicht schlecht, aber manchmal ging er einem auch gehörig auf den Zeiger.

Bild: Karin zieht sich in ihrem Zimmer um, Eckhart wischt im Hintergrund mit einem Federbüschel Staub und glotzt sie dabei an.

Bild: Karin und Heinz im Bett, kopulierend. Die Tür geht auf und Eckhart kommt mit einem heißen Blech selbstgebackener Kekse rein.

Bild: Heinz, nackt, wirft Eckhart aus der Wohnung und knabbert dabei einen Keks.

Bild: Eckhart heute, im Krankenhaus.

ECKHART: Je mehr ich mich bemühte, desto mehr erkannte ich, daß ich lächerlich bin. So daß mein ganzes Tun gleichsam nur den Zweck hatte, mir in dem Maße, wie ich mich in dasselbe vertiefte, zu beweisen und zu erklären, daß ich lächerlich bin.

KRIMINALBEAMTER: Ist nicht wahr?! Toll!

Bild: Heinrich, heute, nüchterner, neutraler Typ, gerade dabei, in seinen VW Passat zu steigen.

HEINRICH: Lassen Sie mich überlegen *(überlegt kurz)*... – drei oder vier Jahre lang, würde ich sagen. Es ist schwer zu sagen, aber es war lang. Er hing da bei uns rum, und nachdem er endlich kapiert hatte, daß Erdkunde nicht unser Ding war, war er das, was unsere Eltern immer gewollt haben: das ideale Kind. Man sieht es, aber man hört es nicht.

Bild: Mutter, allein, beim Wäscheaufhängen.

MUTTER: Ich konnte mir das gar nicht erklären, wie ich da plötzlich diese BHs gefunden hatte, ich mein, normal ist das ja nicht, oder doch in dem Alter, also ich weiß nicht, warum macht er denn sowas, hab ich mich gefragt, und ob ich was falsch gemacht habe. Weggeschmissen hab ich dann die ganzen Dinger, von mir waren die ja nicht, wo er die wohl herhatte, das will ich gar nicht wissen, da habe ich erstmal seinem Vater einen Brief geschrieben, daß er mit seinem Sohn mal ein Wörtchen reden sollte über das ganze Thema und so. Und? Hat der geantwortet? Na raten Sie mal!

Bild: Weiße Schrift auf schwarzem Grund:

VII – Eine Hoffnung für Oman und Dhofar

Bild: Vater, fährt Straßenbahn (als Fahrer).

VATER *(über die Schulter hinweg)*: Das waren goldene Jahre. Ich sah ihn nicht, ich hörte ihn nicht, und ich hörte auch nichts über ihn. Ich hatte schon gedacht, mich gleichsam in der süßen Hoffnung gewogen, daß der Prozeß der Menschwerdung bei ihm endlich eingesetzt hätte. Nichts mehr mit …

Bild: Während der Fahrt nähert sich ein Fahrgast, distinguierter älterer Herr mit Hut.

FAHRGAST: Entschuldigen Sie bitte …

VATER *(unwirsch)*: Was wollen Sie denn jetzt?

FAHRGAST: Ich muß noch eine Karte …

VATER: Lesen Sie das Schild! ›Während der Fahrt ist das Sprechen mit dem Fahrer nicht gestattet‹. Lese- und Schreibfertigkeit, das ist eine zivilisatorische Grundvoraussetzung, sollte man denken.

Bild: Fahrgast geht wortlos wieder weg.

VATER: Jedenfalls nichts mehr mit Schwarzfahren bei Eckhart, das war schon mal eine große Erleichterung. Später kam das doppelt und dreifach wieder, aber vorher, das waren goldene Jahre.

Bild: Die Straßenbahn hält. Der Fahrgast von vorhin tritt wieder an den Vater heran.

FAHRGAST *(legt dem Vater einen 20-Mark-Schein hin)*: Kann ich jetzt? Einmal Kurzstrecke bitte.

VATER: Auf 20 Mark muß ich nicht rausgeben. Sind denn heute alle dement? Ich krieg gleich den furor teutonicus, Sportsfreund.

Bild: Kriminalbeamter und Psychologin in der Krankenhauskantine, an einem Tisch sitzend und essend. Grelles Licht, blasse Farben, im Hintergrund Schwestern und Ärzte ohne Ende, Geräuschkulisse.

KRIMINALBEAMTER: Warum eigentlich diese Pause? Wieso gerade jetzt diese Pause? Wo wir gerade so schön drin waren!

PSYCHOLOGIN: Du vielleicht. Ich konnte nicht mehr.

KRIMINALBEAMTER: Ich weiß, was du meinst. Ich fange an, den Vater richtig gut zu verstehen. Immerhin.

PSYCHOLOGIN: Kann ich mir vorstellen. So läuft das bei den Männern wohl: Wenn's nervt, hauen sie ab.

KRIMINALBEAMTER: Moment mal, ich wollte die Pause nicht!

PSYCHOLOGIN *(stochert lustlos in ihrem Essen)*: Er verarscht uns.

KRIMINALBEAMTER: Wer, Eckhart?

PSYCHOLOGIN *(grantig)*: Mit wem sitzen wir denn jetzt schon seit Tagen hier rum?

KRIMINALBEAMTER: Ja und? Natürlich verarscht er uns. War doch vorher klar. Die Frage ist doch: Warum? Was hat er ausgefressen, daß er glaubt uns so verarschen zu müssen?

PSYCHOLOGIN: Das bringt doch alles nichts.

KRIMINALBEAMTER: Ich finde, die Sache läuft relativ gut.

PSYCHOLOGIN: Wie kommt es denn, daß wir auf einmal so positiv sind bei der Kripo?

KRIMINALBEAMTER: Sonja! Du bist Psychologin, ich bin Kriminalbeamter. Das sind zwei verschiedene Dinge. Ich bin's gewohnt, daß ein Verdächtiger mich verarschen will. Wenn ich damit ein Problem hätte, wär ich Psychologe geworden.

PSYCHOLOGIN: Verdächtig in welcher Hinsicht? Was für einen Verdacht hast du denn? Na? Wie lautet der Verdacht?

KRIMINALBEAMTER: Tja, das muß ich ja erst herausfinden.

PSYCHOLOGIN: Das ist doch Schrott. Ich habe wenigstens einen Patienten, der mich verarscht, du hast noch nicht einmal einen Verdächtigen und läßt dich trotzdem verarschen!

KRIMINALBEAMTER: Tja! Wenn erstmal die Presse bis hin zum Roland-Center-Kurier mitmischt, dann scheuen meine Vorgesetzten eben weder Mühe noch Personal! Da kann es da draußen noch so viele Morde, Vergewaltigungen, Einbrüche, Entführungen, Überfälle und schwere Körperverletzungen geben – wir haben Eckhart und dürfen ihm dabei zuhören, wie er uns sein aufregendes Leben erzählt. Machen wir das Beste draus.

PSYCHOLOGIN: Ha, ha! Steckrüben! Es gibt nichts Besseres, hat er gesagt. Aber mal im Ernst: Was ist denn, wenn es überhaupt keine Psychosekte gab? Wenn er einfach nur zufällig in der Nähe war, als eine illegale Pennersiedlung in Flammen aufging?

KRIMINALBEAMTER *(streng)*: In Huchting gibt es keine illegalen Pennersiedlungen. So einfach ist das nicht. Sowas hab ich im Gefühl! Und wir kommen gut voran. Oh! Wen haben wir denn da?!

Bild: Eckhart kommt dazu. Er ist im Nachthemd und hat ein Tablett in der Hand, auf dem sich, wie man sieht, als er sich setzt, nichts als eine Minipackung Nutella befindet und ein Teelöffel. Er setzt sich seelenruhig zu ihnen an den Tisch und schaut lächelnd von einem zum anderen.

ECKHART: Na, habt ihr euch viel zu erzählen gehabt?

KRIMINALBEAMTER: Eckhart, endlich wieder! Fast eine halbe Stunde nicht gesehen!

PSYCHOLOGIN: Eckhart, was machen Sie denn hier?

ECKHART: Sie sind so lange weggewesen.

Bild: Eckhart öffnet die kleine Nutella-Packung und beginnt sie sorgfältig und in ganz kleinen Portionen auszulöffeln.

KRIMINALBEAMTER: Eckhart, hätten Sie was dagegen, sich mal für einen Moment woanders hinzusetzen? Wir haben hier noch was zu besprechen.

ECKHART: Aber das macht doch nichts. Ich bin hier ganz still. Ich stör doch nicht!

KRIMINALBEAMTER *(streng)*: Eckhart, bitte, wir reden dann später wieder mit Ihnen.

ECKHART: O wirklich, ich höre gar nicht zu. Sie stören mich wirklich nicht. Ich sitze hier nur still und esse ein bißchen was.

PSYCHOLOGIN: Eckhart, bitte, nur einen Moment ...

ECKHART: Kein Problem. *(Bleibt sitzen.)*

Bild: Die Augen des Kriminalbeamten, sich tief in die der Psychologin senkend. Die Psychologin seufzt, der Kriminalbeamte seufzt. Eckhart guckt erst den einen, dann die andere an, lächelt selig.

PSYCHOLOGIN: Sagen Sie, Eckhart, haben Sie eigentlich irgendwann mal bei Karin landen können, und wenn nicht, haben Sie dann eine wie auch immer geartete Vorstellung davon, warum nicht?

KRIMINALBEAMTER: *(Lacht.)*

ECKHART *(lacht auch)*: Es gab Zeiten, da hatte ich keine Hoffnung. Und es gab Zeiten, da war ich mir der Lächerlichkeit all meiner Bemühungen so sehr bewußt, daß ich diese immer und immer nur noch verstärkte. Gerade die politische Zeit, so als ich sechzehn war.

Bild: Kriminalbeamter, mit ironisch hochgezogenen Augenbrauen zur Psychologin schauend.

KRIMINALBEAMTER: Aha! Sechzehn sind wir schon. Das ist schön. Und die politische Zeit. Exzellent.

ECKHART: Ja, Politik, das war neu, aber sie sprachen alle davon. Wie hätte ich, der Lächerlichste von allen, mich da enthalten können.

Bild: Eckhart mit 16 Jahren, mit Bart und langen, verfilzten Haaren. Er läuft mit einem Rucksack durch Bremen, holt daraus die Gelben Seiten und schaut etwas nach, steht vor einer Arztpraxis, ist in der Arztpraxis und verhandelt mit einer Sprechstundenhilfe, sitzt bei einem Arzt im Zimmer, dann bei einem anderen, geht wieder durch die Straßen, studiert die Schilder vor Ärztehäusern, bekommt von

Ärzten gelegentlich größere Mengen Medikamente ausgehändigt, geht in Kliniken, redet mit Urologen, Gynäkologen, Zahnärzten, während diese arbeiten usw. usf.

ECKHART *(dabei im Off)*: Vor allem als sie von Dingen sprachen, von denen ich doch unendlich viel wußte, Oman und Dhofar zum Beispiel …

HEINRICH *(im Off, lacht)*: Oman und Dhofar, ich erinnere mich. Das war gut. Das war brillant. Es ging damals ja dauernd um irgendwelche Befreiungskämpfe, und als wir rätselten, wo Oman und Dhofar überhaupt liegen sollten, meldete sich plötzlich Eckhart zu Wort. Wir hatten ihn eigentlich gar nicht mehr auf dem Zettel gehabt, ihn vergessen, obwohl er immer da war. Immer. Er hatte mittlerweile den Stimmbruch hinter sich, das hatten wir gar nicht gemerkt, bis er uns plötzlich wegen Oman und Dhofar vollquatschte, Breitengrade, Längengrade, Geologie, Klima, das ganze Programm. Wir schickten ihn dann schnell zum Medikamentesammeln für den Befreiungskampf in Oman und Dhofar. Interessierte uns natürlich nicht die Bohne, wir hatten das bloß auf einem Flugblatt gelesen. Aber auf diese Weise hatten wir ihn eine Zeitlang vom Hals.

Bild: Eckhart kommt mit großem Seesack in ein Zimmer, in dem Karin, Heinz und Herbert sitzen und kiffen. Er schüttet den Seesack, der prallvoll mit Medikamenten und verpackten sterilen Einwegbestecken ist, auf dem Teppich aus. Heinz beginnt die Medikamente zu sortieren und steckt einige davon ein, während Eckhart wieder loszieht.

HEINZ *(währenddessen im Off)*: Da waren gute Sachen dabei, Upper, Downer, Schmerzmittel, Narkotika … Also ich muß schon sagen, diese linken Ärzte, was die einem kleinen Jungen alles in die Hand gegeben haben, das war schon verwunderlich.

Bild: Kriminalbeamter, Psychologin und Eckhart noch immer in der Krankenhauskantine, die jetzt völlig leer ist. Im Hintergrund werden

Stühle hochgestellt und eine Putzfrau beginnt zu wischen. Jeder der drei hat eine Flasche Cola vor sich stehen.

PSYCHOLOGIN: Mein Gott, Eckhart, das ist ja ein dolles Ding. Medikamente für Oman und Dhofar, da warst du ja praktisch Staatsfeind Nr. 1. Wo immer das auch liegt ... *(Zwinkert dem Kriminalbeamten zu.)*

ECKHART: Na ja, nun, auf der arabischen Halbinsel natürlich, im Südosten derselben natürlich, die Nachbarstaaten sind ...

PSYCHOLOGIN: Okay okay, das sehen wir jetzt mal nicht so eng. Aber mal was anderes: Das muß doch auch die Zeit gewesen sein, in der du die Vorstrafe bekommen hast.

KRIMINALBEAMTER: Genau. *(Fröhlich:)* Wegen Beförderungserschleichung in sechzehn Fällen.

PSYCHOLOGIN: Obwohl du doch so ein großer Fußgänger warst. Barfuß und so.

ECKHART: Genau. Ich dehnte aber meine Sammlung auf das ganze bremische Stadtgebiet aus, bis hin nach Bremen-Nord. Das ging nur mit der Straßenbahn!

VATER *(Off)*: Moment eben.

Bild: Der Vater auf dem Fahrersitz einer Straßenbahn. Er steht auf und dreht an einer Kurbel. Die Zielbeschriftung der Straßenbahn wird über mehrere Stufen von ›Gröpelingen‹ auf ›Weserwehr‹ umgestellt.

VATER *(während des Kurbelns)*: War es Rache? An mir? Aber wofür? War es Dummheit? Ich sage Ihnen, was es war: Es war Dummheit. Gegen Dummheit kämpfen Götter selbst vergebens. Schiller. Großer Mann, sehr musikalisch. Er fuhr also wieder Bahn. Kollegen hatten ihn erkannt. Und er hatte keinen Fahrschein. Nun war endgültig Matthäi am Letzten. War es da noch übertriebene Härte, die mich dazu brachte, meine Kollegen zu mobilisieren und anzuspornen, ihn nach allen Regeln der Kunst jederzeit zu kontrollieren? Nein, war es nicht. Fiat justitia et pereat mundi, Sportsfreunde, wer bin ich, da zu widersprechen?

Bild: Kriminalbeamter, Psychologin und Eckhart in einer Kneipe. Eckhart trägt den Mantel des Kriminalbeamten über seinem Nachthemd. Alle drei haben ein Bier vor sich stehen.

Psychologin *(leicht ungläubig)*: Sechzehnmal erwischt worden in vier Wochen? Darauf sollte man anstoßen.

Bild: Alle stoßen mit dem Bier an.

Psychologin *(in die Kamera, leicht angesäuselt)*: Ist ja jetzt eh egal.

Kriminalbeamter: Und vier Wochenenden Jugendarrest. Auch nicht schlecht.

— Wie die Welt am schönsten ist: Fahrkarte, Bahn —

Bild: Weiße Schrift auf schwarzem Grund:

VIII – Der Spatz in der Hand

Bild: Mutter auf Sofa, mit Freund.

MUTTER: Sein Vater, dieser Verbrecher. Hat gegen ihn ausgesagt. Hat seinen eigenen Sohn ins Gefängnis gebracht. Wegen Schwarzfahrens! Das glaubt man ja alles nicht. Jedes Wochenende mußte er los, aber er war ja sowieso kaum zu Hause, er packte dann immer seine Sachen, gleich nach der Schule mußte er los, jeden Freitag.

Bild: Vater, BSAG-Uniform tragend im Gerichtssaal, im Zeugenstand posend, vis-à-vis Eckhart und seine Mutter. Richter mit ungläubigem Gesichtsausdruck.

VATER: So lassen Sie mich denn noch den simplen Tatsachen hinzufügen, zu meiner Ehrenrettung: Ich bin nicht nur der, der einen nichtsnutzigen Sohn gezeugt hat. Ich bin vor allem der, dessen höchste Obliegenheit als Beamter es ist, den Bedingungen des öffentlichen Personennahverkehrs Geltung zu verschaffen. Und ich stehe da in der Tradition hervorragender Männer. Ich greife wahllos einen nur heraus. Darf ich das Hohe Gericht erinnern an Lucius Junius Brutus den Älteren, den Erzrepublikaner, an den, dem Livius so warme Worte gewidmet hat – war Junius Brutus getrieben von niederen Instinkten, als er seine zwei Söhne, die er schuldig der finstren Verschwörung befinden mußte, zum Tode verurteilte und es sich nicht nehmen ließ, ihrer Hinrichtung persönlich beizuwohnen? Hat er das etwa gern getan? Nicht daß ich wüßte. Höchstens aus brennender Liebe zu seinen Söhnen und zum Recht als solchem, dem er sein Leben widmete!

Bild: Eckhart in der Teestube, mit Rucksack. Freitagnachmittag. Karin, Heinz, Herbert, Heinrich und einige Kunden.

ECKHART *(theatralisch)*: Ich geh dann mal.

Niemand reagiert.

ECKHART *(räuspert sich, dann lauter)*: Ich geh jetzt ins Gefängnis.

Bild: Einige Kunden schauen ihn verwundert an. Die ihn kennen, reagieren nicht.

ECKHART: Wir sehen uns Montag. *(Geht davon.)*

Bild: Wohnung des Kriminalbeamten, auf der langen Sitzgruppe mittig die Psychologin, links der Kriminalbeamte, rechts Eckhart. Wodkaflaschen auf dem kniehohen Tisch, alle drei rauchen, Eckhart hält seine Zigarette zwischen Mittel- und Ringfinger und saugt laut daran.

PSYCHOLOGIN *(inzwischen ziemlich weich geworden)*: Eckhart, sag mal, war das nicht ganz furchtbar, als du da alleine losmarschieren mußtest?

ECKHART: Ganz furchtbar war das keinesfalls. Aber es war weit. Erst an den Straßenbahngleisen bis zur Endhaltestelle Gröpelingen, und dann an der gedachten Busstrecke entlang bis Oslebshausen. Zu Fuß! Das war hart, vor allem von der Versuchung her.

Bild: Eckhart auf dem Fußmarsch nach Oslebshausen. Traurig sieht er einer Straßenbahn hinterher.

Bild: Eckhart auf dem Fußmarsch nach Oslebshausen. Traurig sieht er einem Bus hinterher.

FRED *(Off)*: Da hatte er ja mal wieder mächtig eins vorgelegt, das war schon beeindruckend, irgendwie hatte das was, das war natürlich ein Ding, da konnte man schon neidisch werden. Naja, ging so.

Bild: Eckhart vor den Toren der JVA Oslebshausen.

ECKHART *(zum wachhabenden Beamten am Eingang)*: Guten Tag. Ich soll hier rein.

BEAMTER *(lacht)*: Na, dann komm mal …

Bild: Wohnung des Kriminalbeamten. Die Psychologin ist im Sitzen eingeschlafen und schnarcht leise neben dem Kriminalbeamten vor sich hin, ihr zur anderen Seite sitzt Eckhart, der sich nochmal nachschenkt.

KRIMINALBEAMTER *(gähnend)*: Schade, daß sie schon schläft. Was sie alles verpaßt, die Ärmste …

ECKHART: Viele schlafen. Und wach zu sein ist nicht immer angenehm. Wußtest du, daß ich früher Gedichte geschrieben hab?

KRIMINALBEAMTER *(müde)*: Ist mir neu!

ECKHART: O ja. *(Deklamierend:)* Ich war nicht wach, als es gut war / und nun bin ich wach / Ich war nicht stark, als ich klug war / und nun bin ich nicht schwach.

KRIMINALBEAMTER *(mechanisch)*: Ah ja.

ECKHART: Ich schrieb viel. Gedichte, Tagebücher, Schülerzeitungen, Flugblätter, Karin, Herbert, Heinz und Heinrich ermutigten mich sehr.

> Bild: Eckhart kommt mit vollgeschriebenen Zetteln in der Hand in ein Zimmer der WG, ein großes Zimmer mit Matratzen auf dem Boden, alle schlafen. Eckhart deklamiert ein Gedicht für alle, fuchtelt dabei mit den Händen. Keiner wacht auf.

ECKHART *(weiter im Off)*: Gut, sie hatten auch viel am Hals, und es war nur recht und billig, daß ich mich um die Kunst kümmerte und sie nicht auch das noch am Hals hatten. Ich tat es für sie, und sie freuten sich wie die Kinder. Wenn sie munter waren.

> Bild: Vater in einem Vereinslokal, Sitzung des SPD-Ortsvereins Hemelingen. Alle haben Prinz-Heinrich-Mützen auf, Helmut-Schmidt-Porträts an den Wänden. Ältliche, verbitterte, zigarrenrauchende Männer. Nur der Vater raucht nicht, hustet aber.

VATER *(in die Kamera)*: Entschuldigung. Wissen Sie, ich rauche nicht. Hab auch nie … Also, kurz nachdem ihm der Prozeß gemacht wurde – beachten Sie die Analogie zu Kafka –, studierte ich die Jahresbilanzen der BSAG, und was muß ich Ihnen sagen? Die sahen nicht gut aus. Was tun? *(lächelt)* … ein berühmtes Zitat, wenn Sie wissen, was ich meine, schließlich war auch Lenin mal Sozialdemokrat … Die ganze BSAG war unterfinanziert, Tausende von Arbeitsplätzen bedroht durch meinen Sohn und seine sauberen Spießgesellen. Ich machte also eine betriebsinterne Eingabe, den Fahrpreis und das bis dahin lächerlich geringe Bußgeld für Beförderungserschleichung kräftig zu erhöhen. Noch im selben Jahr zogen beide Tarife, der für legale wie der für illegale Beförderung, kräftig an. Natürlich mußten wir mit Widerstand rechnen, der sich denn ja auch prompt einstellte. Chaoten sind berechenbar bis zur Absurdität … Entschuldigung, ich muß jetzt mitsingen.

Bild: Die grämlichen Genossen im Vereinslokal erheben sich klöterig und intonieren brüchig ›Brüder zur Sonne zur Freiheit‹.

Bild: Eckhart, Kriminalbeamter und schlafende Psychologin.

ECKHART: Die Schule war auch nicht mehr das, was sie mal war. Erdkunde hieß nun Geographie. Und die entsprechenden Lehrer wiesen oft bedenkliche Wissenslücken auf. Gerade was Flüsse und ihre Nebenflüsse betrifft. Noch schlimmer war es in der Politik: Die Straßenbahn erhöhte die Fahrpreise. Und da meine detaillierten Kenntnisse der deutschen Mittelgebirge nicht mehr gefragt waren, wendete ich mich wichtigeren Dingen zu.

Bild: Eckhart, der Flugblätter vor der Schule verteilt, die kaum einer nehmen will.

ECKHART *(laut rufend)*: Aufruf zur Schienenblockade, Aufruf zur zentralen Schienenblockade!

Bild: Eckhart, nach dem Gong, der die Große Pause beendet, allein auf weiter Flur, wie er linkisch einen Packen unverteilter Flugblätter in der Hand hält, unschlüssig, was zu tun ist. Hinzu kommt der Direktor.

DIREKTOR: Das nächste Mal sind Sie so nett und melden das bei mir an, ja? *(Mildtätig:)* Haben Sie noch eins für mich übrig?

Bild: Eckhart reicht ihm verlegen eins.

DIREKTOR: Danke. *(Lachend:)* Und ist das nicht Aufruf zur Nötigung, junger Freund? *(Lacht noch mehr)*.

ECKHART: *(Lacht mit)*.

Direktor: Hören Sie mit diesem lächerlichen Unfug mal lieber auf. Und jetzt ab in den Unterricht.

Bild: Karin (heute) in der Teestube. Hinter ihr Herbert, Heinz, Heinrich.

Karin: Kurz nach den vier Wochenenden Knast war Eckhart ziemlich verändert. Er hielt unermüdlich Vorträge. Nicht mehr sein alter Kram, an den hatten wir uns ja ganz gut gewöhnt, sondern so militantes Zeugs, das aus seinem Mund ziemlich lächerlich klang. Wir sollten unbedingt bei den Schienenblockaden mitmachen, und dauernd faselte er was von Nötigung und so. Ich weiß nicht, wie ihr das seht, Jungs. *(Herbert, Heinz und Heinrich murmeln beifällig im Hintergrund.)* Irgendwie paßte das nicht zu ihm, so zu reden, aber es war wenig dagegen zu sagen, inhaltlich, mein ich.

Herbert: Und dann flehte er uns alle richtig an: ›Ihr müßt kommen, ihr müßt kommen‹, und wir fragten: ›Klar doch, ist doch Ehrensache, wohin denn?‹

Karin *(im Off)*: Er hatte eine Initiative gegründet, die ›Huchtinger Initiative gegen die Fahrpreiserhöhungen‹, HIF, und seine Kumpels von der Schule wären auch alle dabei, und für ganz Bremen säße er in einem Ausschuß und würde mithelfen, die Proteste zentral zu leiten, und irgendwie war er ja auch kompetent, war sein Vater nicht auch bei der Straßenbahn?

Bild: Michael, in einer Eigenheimsiedlung, seinen Austin Mini polierend.

Michael: Er hatte ja quasi gelitten für die Sache, wie er ja überhaupt gerne litt. Ob er seine Strafe verdient hatte, wie sein Vater sagte, oder nicht, das sei dahingestellt. Aber der Knast, das hatte ihn natürlich qualifiziert zum Volkstribun in Sachen Straßenbahn, so kam es uns jedenfalls vor. Und eifrig, o ja, das war er. Wir konnten gar nicht anders, wir mußten ihm folgen. Dieses eine Mal folgten wir ihm, und man konnte dann ja sehen, was dabei rauskam.

Bild: Szenen verschiedener Straßenbahnblockaden. Einmal, bei einer großen Aktion in der Bremer Innenstadt, wird Eckhart, der sich als Anführer hervortut, von seinem Vater erkannt. Der Vater steigt aus der Straßenbahn aus, ohrfeigt Eckhart und steigt wieder ein. Ein andermal werden alle Blockierer von der Polizei verprügelt, nicht aber Eckhart, der ratlos mitten im Getümmel steht und von allen Polizisten übersehen wird. Dann: eine dezentrale Straßenbahnblockade an der Endhaltestelle der Linie 6 in Huchting vor dem Roland-Center. Eckhart und alle seine Huchtinger Bekannten (aber auch nur die) blockieren eine an dieser Endstation stehende Straßenbahn mit einem großen Transparent in der Hand. Alle werden plötzlich verhaftet, nur Eckhart nicht, der, während die anderen sich noch mit der Polizei rangeln und prügeln, versucht, einen verletzten Spatz aus dem Getümmel zu retten. Dazu kriecht er auf allen vieren, nach dem Spatz greifend, zwischen den Beinen der anderen herum. Dadurch bleibt er als einziger übrig. Er hält den Spatz in der Hand und geht weg.

KARIN *(dabei im Off)*: Das war eigentlich nicht so mein Ding mit den Straßenbahnblockaden, aber am Anfang, als da noch viele Leute dabei waren und in der Innenstadt und so, das war schon okay. Aber dann bestand Eckhart darauf, daß wir alle diese Straßenbahnblockade in Huchting an der Endhaltestelle machen sollten, das muß man sich mal vorstellen. Und wir waren auch noch so blöd und haben das gemacht.

HERBERT *(unterbricht)*: Das war wirklich Kamikazescheiß.

OTTO *(Off)*: Da war vielleicht die Kacke am dampfen, zuhause, als die mitbekommen haben, daß die Polizei mich festgenommen hatte, Mann o Mann, das gab vielleicht was …

MICHAEL *(Off)*: Irgendwie war es auch eine interessante Erfahrung. Die nun wiederum Eckhart irgendwie erspart blieb.

FRED *(Off)*: Ich hatte zu den Bullen noch gesagt: Und was ist mit dem da? Was ist mit dem da?

— Nach der dezentralen Blockade —

Bild: Wohnung des Kriminalbeamten, wie oben.

ECKHART: Auf dem Höhepunkt der Auseinandersetzung hatte ich plötzlich eine Vision: Der Weg der Gewalt ist der falsche Weg.

KRIMINALBEAMTER *(im Einschlafen murmelnd)*: Du hattest doch bloß Schiß, gib's zu.

Bild: Huchting, Endhaltestelle, Eckhart mit dem Vogel in der Hand, zärtlich über dessen Köpfchen streichend, der Vogel scheißt ihm in die Hand.

ECKHART *(dazu im Off)*: Würd ich ja gerne zugeben. Aber etwas anderes war. Ich spürte, wer weiß woher, eine große Liebe in mir, eine große Liebe zu allem Lebendigen, jenseits von allem Begehren, tief und ernst und treu und gar nicht lächerlich, oder höchstens insoweit …

Bild: Wohnung des Kriminalbeamten. Kriminalbeamter schläft in sitzender Haltung ein, sein Kopf kippt nach hinten über die Nackenlehne.

ECKHART: … als ich natürlich ein lächerlicher Mensch war und das in meinem Inneren natürlich immer wußte und …

Bild: Der Kriminalbeamte schläft, die Psychologin ist umgekippt, ihr Kopf ruht in seinem Schoß, ihr Hinterteil ist Eckhart entgegengereckt. Eckhart legt sich in derselben Richtung hin wie die Psychologin, sein Kopf an ihren Hintern geschmiegt. Er lächelt selig und schläft ein.

Bild: Weiße Schrift auf schwarzem Grund:

IX – Der dritte Sonntag nach Trinitatis

Bild: Aufblende. Das Gesicht des schlafenden Kriminalbeamten in der Morgensonne. Man hört Glockenläuten aus der Ferne. Er schlägt die Augen auf und liegt zugedeckt auf dem Sofa. Gelächter und Geschirrgeklapper mischen sich in das Glockenläuten. Der Kriminalbeamte springt auf, wirft die Decke ab und sieht sich schlaftrunken um. Außer ihm ist niemand im Zimmer. Eine zweite Decke liegt auf der Sitzecke. Er geht in einen kleinen Flur, und das Geklapper und Gerede wird lauter. Es qualmt aus der Küche. Als er in die Küche tritt, sieht er Eckhart. Eckhart trägt Klamotten des Kriminalbeamten, hat ein Geschirrtuch in den Gürtel gesteckt, steht am Herd und brät Spiegeleier. Am Küchentisch sitzt die Psychologin und grinst den Kriminalbeamten an.

PSYCHOLOGIN: Er hat Frühstück gemacht.

KRIMINALBEAMTER: Und er hat meine Sachen an.

PSYCHOLOGIN: Hab mich auch gewundert, daß die ihm passen.

ECKHART *(breit und servil lächelnd, zeigt mit großer Geste auf den Tisch)*: Setz dich doch. Ich habe Eier für uns alle gemacht. Und Kaffee. Und Orangensaft.

KRIMINALBEAMTER: Orangensaft ... – wie, gemacht? Wie willst du das denn angestellt haben, daß du Orangensaft aus der Tüte gemacht hast.

ECKHART: Setz dich nur, ich kümmere mich um alles.

KRIMINALBEAMTER: Um alles? Was soll das nun wieder heißen, um alles?

PSYCHOLOGIN: Nun setz dich doch. Er macht das schon.

Bild: Kriminalbeamter, setzt sich, schaut mit langem, skeptischem Blick die Psychologin an. Eckhart kommt mit der rauchenden Pfanne an den Tisch und schiebt Eier auf die Teller des Kriminalbeamten und der Psychologin.

ECKHART *(fröhlich)*: Soll ich die passende Musik dazu anmachen?

Bild: Kriminalbeamter schaut ungläubig zu Eckhart hoch, dann auf seinen Teller, dann wieder zu Eckhart.

KRIMINALBEAMTER *(mit überdeutlichem Sarkasmus)*: Musik? Musik, ja? Was wäre das wohl für Musik, die zu diesen Eiern passen würde?

PSYCHOLOGIN: Die Eier sind gut.

ECKHART: Das freut mich. Ich mach dann mal die Musik an.

Eckhart geht pfeifend aus der Küche.

KRIMINALBEAMTER: Kann mir das mal einer erklären? Was hier eigentlich läuft und so?

PSYCHOLOGIN *(amüsiert)*: Tut mir leid. Ich habe damit nichts zu tun. Das war alles schon fertig gewesen, als ich aufgewacht bin.

KRIMINALBEAMTER: *(Sprachlos.)*

Die Kirchenglocken werden lauter, aus dem Nebenzimmer kommt Musik, zunächst leise. Eckhart kommt wieder in die Küche, immer noch pfeifend.

KRIMINALBEAMTER *(gereizt)*: Kann mal jemand wenigstens diese Scheißglocken abstellen …

ECKHART: Moment.

Bild: Eckhart geht wieder raus. Die Musik wird lauter, so laut, daß sie die Glocken übertönt. Es handelt sich um ›If You Can't Be With The One You Love, Love The One You're With‹ von Crosby, Stills, Nash and Young. Der Kriminalbeamte und die Psychologin schauen gemeinsam zur Tür. Darin steht Eckhart, tanzt schlangengleich und singt mit.

ECKHART *(singt)*: If you can't be with the one you love, love the one you're with …

KRIMINALBEAMTER: Was für ein Tag ist heute?

PSYCHOLOGIN: Sonntag.

— Das Geheimnis der Schöpfung —

KRIMINALBEAMTER: Das paßt.

Das Telefon klingelt. Der Kriminalbeamte geht aus der Küche und zum Telefon. Eckhart beginnt, sich dabei in den Hüften wiegend, abzuwaschen. Der Kriminalbeamte kommt zurück und entreißt, während er telefoniert, Eckhart die Abwaschbürste und weist ihn gestisch an, sich auf einen Stuhl zu setzen. Eckhart aber läßt sich nicht abweisen und wäscht mit bloßen Händen weiter ab.

KRIMINALBEAMTER *(ins Telefon)*: Ja, ist ja richtig, daß Sie mich angerufen haben, ich hatte Sie ja darum gebeten. Nein, das muß jetzt nicht sein. Ich kümmere mich drum, Sie brauchen sonst keinen anderen anzurufen. Ich denke, ich weiß, wo er ist. Nein, das Bett sollten Sie auf keinen Fall vergeben. Nein, bitte nicht. Auf keinen Fall ...

ECKHART *(mitten hinein)*: Schöne Grüße.

PSYCHOLOGIN: *(Lacht)*.

KRIMINALBEAMTER: Nein, er wird bis auf weiteres dort wohnen. Ja, sicher, ganz sicher. Ich weiß, aber trotzdem. Geben Sie das Bett auf keinen Fall auf. Okay, bestimmt. Um 18 Uhr bin ich da. Ich bringe ihn mit.

Bild: Kriminalbeamter legt das Telefon weg und wendet sich an Eckhart.

KRIMINALBEAMTER: Das war das Krankenhaus. Sie vermissen dich schon.

ECKHART: Ja, schon klar. Aber ich störe dich doch hier nicht, oder?

PSYCHOLOGIN *(lachend)*: Also, ich halt mich da raus ...

KRIMINALBEAMTER *(gereizt zur Psychologin)*: Das ist jetzt alles ganz, ganz witzig, oder wie?

ECKHART: Nun streitet euch doch nicht schon wieder. Und schon gar nicht wegen mir. Ich mache euch erstmal neuen Kaffee und bringe die Küche wieder in Schuß.

Bild: Eckhart setzt Wasser auf. Das Glockengeläut setzt wieder ein.

KRIMINALBEAMTER *(setzt sich resigniert wieder an den Küchentisch)*: Sonntag, hm?

PSYCHOLOGIN: Der Tag des Herrn.

ECKHART *(jubiliert)*: Ja, und der dritte Sonntag nach Trinitatis.

PSYCHOLOGIN: Oho, ein Kirchenfex? Warst du mal Pastor?

ECKHART *(geschmeichelt)*: Nein, nein, das nun leider nicht.

Bild: Pastor vor seiner Kirche, die ankommenden Gottesdienstbesucher empfangend, Glockenläuten.

PASTOR: Ja, den jungen Neumann, ich kenne ihn. Ein begabter junger Mann. Sehr sensibel.

Bild: Kriminalbeamter und Psychologin in der Küche, lauschen dem abwaschenden und pausenlos erzählenden Eckhart. Der Kriminalbeamte hat seinen Kopf auf die Hände gestützt und macht einen sehr erschöpften Eindruck. Die Psychologin fragt ab und zu etwas nach.

PASTOR *(weiter im Off dazu)*: Zu sensibel fast. Sehen Sie, wir haben es uns hier in der Gemeinde zur Aufgabe gemacht, daß es im Umgang miteinander nicht darum gehen darf, verwirrten jungen Menschen auf ihrer Suche Einhalt zu gebieten.

Bild: Pastor, wie oben, vor der Kirche.

PASTOR: Und das ging bei ihm auch nicht. Und so war es nicht immer leicht, ihm in allen seinen Fragen und seiner Sprunghaftigkeit ...

Bild: Mutter, auf Sofa, allein.

MUTTER: Das war überhaupt das Komischste, daß er plötzlich zum Konfirmationsunterricht ging. Erst wollte er das überhaupt nicht, da redete er immer politisch dagegen, und dann war er ja auch eigentlich schon ein bißchen zu alt dafür ...

Bild: Kriminalbeamter, Psychologin und Eckhart in der Küche. Eckhart fällt beim Abtrocknen eine Porzellanschüssel runter. Macht große Sache daraus, entschuldigt sich mehrmals beim Kriminalbeamten, öffnet Küchenschränke, sucht Handfeger und Schaufel und kriecht dann auf dem Boden herum, fegend und Scherben aufsammelnd. Kriminalbeamter reagiert überhaupt nicht. Psychologin schiebt im Sitzen Eckhart mit dem Fuß einzelne Scherben entgegen.

MUTTER *(währenddessen im Off)*: ... und ich wußte davon ja überhaupt nichts. Er hat mir ja kaum noch was erzählt. Erst diese ganze Politik und alles, und dann plötzlich das. Ich meine, ich hab ihm gleich gesagt, Geschenke oder Geld gibt es dafür aber nicht mehr, da braucht er gar nicht drauf zu spekulieren. Und dann dieser Pastor …

Bild: Pastor, wie oben.

PASTOR: Als ich ihn kennenlernte, wie alt mag er da gewesen sein, naja, so sechzehn wird er schon gewesen sein, ein bißchen alt für die Konfirmandengruppe, aber wie gesagt, sprunghaft und ein bißchen unreif vielleicht in seiner provozierenden Art. Manchmal wünschte ich, wir hätten mehr von der Sorte, unruhige Geister, aufrüttelnde, mahnende Gestalten, naja, muß auch nicht, obwohl, Jesus war ja auch irgendwie, aber gut, lassen wir das, jedenfalls … *(Verstummt verwirrt.)*

Bild: Karin in der Teestube im Roland-Center.

KARIN: Er war dann irgendwie … – abwesend, könnte man sagen. Gleich nach den Straßenbahnblockaden. Alle erzählten was von ihrer Verhaftung, bloß er nicht. Er hat sich überhaupt nicht mehr dafür interessiert. Erst hat er die ganze Zeit für die Straßenbahnblockaden agitiert, ›wir müssen die Machtfrage stellen, wir müssen die Machtfrage stellen‹, hieß es immer nur, und dann gab es plötzlich nur noch Vögel für ihn, und ob man mit ihnen reden könne und was für ein Geheimnis um den fünften Schöpfungstag läge. Was für ein Geheimnis soll da schon gelegen haben.

Bild: Kriminalbeamter, Psychologin und Eckhart in der Küche. Eckhart ist mit Abwaschen fertig und beginnt, in der Küche alles sauberzuwischen, dabei immer weitererzählend.

PASTOR *(im Off dazu)*: Nein, es war keine leichte Aufgabe, die Situationen, die er ein ums andere mal im Unterricht heraufbeschwor, zu meistern. Der junge Neumann war schon, na, lassen Sie mich sagen: so begabt wie er war, so altklug und aufsässig war er auch. Sehr fruchtbar das. In einem gewissen Rahmen. Ich erinnere mich, Jungfräulichkeit Marias, Franz von Assisi, die symbolische Bedeutung der Taube …

Bild: Gemeindesaal. Pastor vor einer Karte Israels, mit Zeigestock. Eckhart, bärtig, im Kreis der Mitkonfirmanden, diese um Hauptes-länge überragend, breit grinsend, sich meldend.

PASTOR *(derweil weiter im Off)*: ... die Fittiche der Adler und die nähere Geographie des Heiligen Landes, Vulkanismus des Sinai und Veränderungen des Jordan-Flußbettes in historischer Zeit: das waren Themen, die er gerne angesprochen wissen wollte. Aber es gab schließlich auch noch die anderen in der Gruppe, und nicht wenige waren darunter, das können Sie mir glauben, die wirklich etwas über die Inhalte des christlichen Glaubens erfahren wollten.

Bild: Mutter auf Sofa. Neben ihr der Freund, eingeschlafen.

MUTTER: Also, als dieser Pastor bei mir auftauchte, da bin ich ja wirklich aus allen Wolken gefallen. Ich wußte gar nicht, was der wollte. Wieso mußte der sich jetzt beschweren. Ob ich meinen Sohn nicht anders beschäftigen könnte. Wofür ist der denn schließlich da?

Bild: Eckhart betritt jesusmäßig den Gemeindesaal, der Unterricht hat bereits begonnen. Die jüngeren Konfirmanden klopfen zu seiner Begrüßung akademisch mit ihren Fingerknöcheln auf die Tische, der Pastor, verlegen und unsicher, weist Eckhart einen Platz an.

MUTTER *(weiter im Off)*: Der soll doch froh sein, wenn da ein Junge wie der Eckhart freiwillig hingeht, habe ich noch gedacht. Und das hab ich ihm auch gesagt.

Bild: Pastor, wie oben.

PASTOR: Also, mein erster Eindruck: sensibel und sehr anregend. Aber dann wurde es immer weniger konstruktiv. Ich bitte Sie, Befruchtung durchs Ohr. Nicht, daß wir dazu nichts zu sagen hätten, ich denke, das Augsburger Bekenntnis läßt da keinen Raum für Mißverständnisse, aber der Konfirmationsunterricht war dafür natürlich nicht der richtige Ort.

Bild: Kriminalbeamter, Psychologin und Eckhart in der Küche. Eckhart hat begonnen auszufegen. Er fegt um die Psychologin herum, hebt schließlich sogar eines ihrer Beine hoch, um dort, wo ihr Fuß war, zu fegen. Der Kriminalbeamte schaut sich das interessiert an.

MUTTER *(dazu im Off)*: Ich hab ihm gesagt, dann konfirmieren Sie ihn doch einfach, dann ist das erledigt. Ich meine, was soll das denn nun …

Bild: Pastor wie oben.

PASTOR: Als ich ihm anbot, sich doch schon mal konfirmieren zu lassen, weil er ja viel weiter war als die anderen, war er davon gar nicht begeistert. Ich habe dann doch etwas deutlicher werden müssen. Er wich mir ja kaum noch von der Seite. Huchting kennt leider Gottes viele Menschen in Not …

Bild: Eckhart versucht jetzt, auch das Bein des Kriminalbeamten anzuheben, um unter dessen Fuß zu kehren. Der Kriminalbeamte steht plötzlich auf, entreißt Eckhart den Besen, stellt ihn in die Ecke und richtet dann ernsthaft und entschieden das Wort an Eckhart. Man sieht, wie Eckhart zufrieden zustimmend nickt, daß die Psychologin zu widersprechen versucht, der zum Handeln entschlossene Kriminalbeamte aber Anweisungen zum Aufbruch gibt.

PASTOR *(im Off dazu)*: … Arbeitslose, Alleinerziehende, Alkoholiker, und das ist nur der Buchstabe A, da kann ich nicht mit einem Frühreifen ›Sorbonne im 13. Jahrhundert‹ spielen und darüber disputieren, wieviel Engel auf einer Nadelspitze Platz haben und ob das Weib ein beseeltes Wesen ist. Das war doch alles theologisch längst erledigt, besonders angesichts der sozialen Auswüchse in diesem Stadtteil. Meiner Frau war das dann auch irgendwann als schwierig aufgefallen, daß er nach den Gesprächskreisen in unserem Haus kaum mehr loszuwerden war, daß er sich bei uns regelrecht einnistete, die arme gequälte Seele.

Bild: Karin.

KARIN: Vögel hin, Vögel her, das war schon verflucht nervtötend. Fünfter Schöpfungstag, immer wieder …

Bild: Kriminalbeamter, Psychologin und Eckhart im Flur, der Kriminalbeamte zerrt Eckhart zur Tür. Die Psychologin folgt. Der Kriminalbeamte öffnet die Tür, schiebt Eckhart hinaus, winkt die Psychologin hinterher, geht dann selbst, die Tür fällt ins Schloß.

KARIN *(im Off dazu)*: ... und ob ich nicht die heilige Anna kennen würde und ob ich nicht sehen würde, daß damit seit über hundert Jahren eigentlich die ganze Erbsünde vom Tisch sei ... Also vorher, den politischen Kram, das konnte man ja noch einigermaßen nachvollziehen, aber immer Vögel, Vögel, ... und immer lateinisch oder sowas, assumptio, assumptio ... der war doch ...

Bild: Karin in der Teestube, einen Vogel zeigend.

Bild: Kriminalbeamter, Psychologin und Eckhart vor dem alten Mercedes der Psychologin. Der Kriminalbeamte schiebt Eckhart auf den Rücksitz, steigt dann mit der Psychologin vorne ein, die Psychologin fährt.

PASTOR *(im Off dazu)*: Bis er am Ende mit der heiligen Anna ankam. Da mußte ich sozusagen Tacheles reden, daß er hier jetzt endgültig bei der falschen Fakultät ist, ich meine, was sind wir verantwortlich für die katholische Marienverehrung, also da sind wir doch nun wirklich die letzten.

Bild: Heinrich, seinen Passat bedächtig durch die Stadt fahrend.

HEINRICH: Er konnte einem ja leid tun. Also meiner Meinung nach war er sowas von übersexualisiert und so dermaßen frustriert dabei ... Aber Karin konnte einem noch mehr leid tun, die bekam das ja alles ab ...

Bild: Kriminalbeamter, Psychologin und Eckhart (auf dem Rücksitz) bei der Autofahrt. Es geht durch Bremen, von Schwachhausen, wo der Kriminalbeamte wohnt, nach Huchting. Eckhart redet pausenlos, steckt vornübergebeugt den Kopf zwischen die beiden, schaut mal zu diesem, mal zu jenem. Kriminalbeamter und Psychologin schweigen.

Karin *(dazu im Off)*: Nee, also endgültig, das hat ja mit bestem Willen keiner mehr verstanden: eben noch Politik und Straßenbahn und so, und dann die ganze Zeit Vögel und dieser verklemmte religiöse Blödsinn …

Herbert *(dazu im Off)*: Vögel, hä, Vögel. War ja wohl klar, worum das ging. Ich dachte schon, wir sollten mal zusammenlegen und ihn mit dem Geld in die Helenenstraße schicken, damit er sich mal erleichtern kann. Vögel, so ein Quatsch!

Bild: Fred und Otto und Michael, an ihrem Stammtisch vereint (in der Kneipe, in der Otto schon zu Anfang Flipper gespielt hatte).

Otto: Kaum waren wir auf Politik, war er schon wieder weg.

Fred: Ja, da war er plötzlich wieder Jesus.

Bild: Fred, Otto und Michael nageln Eckhart wieder an einen Bauzaun. Diesmal sind aber alle ein paar Jahre älter.

Michael *(dazu im Off)*: Aber richtig so mit Kirche und Konfirmationsunterricht und so weiter. Das war schon sehr erstaunlich. Ich meine, wir haben damals – und zu Recht, wie ich glaube – ›Lohnarbeit und Kapital‹ geschult. Das ging dann doch sehr auseinander …

Bild: Kriminalbeamter, Psychologin und Eckhart, wie oben. Eckhart hat den Kopf wie ein Schoßhund neben die Nackenstütze der fahrenden Psychologin gelegt. Der Kriminalbeamte beäugt das kurz, sagt aber nichts. Plötzlich fährt Eckhart wieder hoch und beginnt etwas zu erzählen.

Pastor *(dazu im Off)*: Gerade meiner Frau wich er überhaupt nicht mehr von der Seite.

Bild: Weiße Schrift auf schwarzem Grund:

X – Wahrheit! Wahrheit! Wahrheit!

Bild: Pastorenfrau, Mitte 40, vielfache Mutter, sehr verständnisvoll, sehr kurze, glatte, graue Haare, sehr engagiert. Hinter ihr wuseln ein Dutzend junge christliche Schwangere herum, die an Plastikpuppen Wickeln lernen.

PASTORENFRAU: Wir hatten hier immer junge Leute, und auch heute noch, das sehen Sie ja. Das bringt die Arbeit in der Gemeinde so mit sich. Der Eckhart war aber schon ein spezieller Fall. Sicher schwierig. Sehr schwierig. Aber er hatte so viel Energie. Und so viele Interessen. Das war schon gut, daß ich ihn dann in die Dritte-Welt-Gruppe einlud. Da fühlte er sich wohl. Und was der an Spenden gesammelt hat ...

Bild: Eckhart vor der Teestube im Roland-Center, eine Spendenbüchse schwenkend. Lange Zeit passiert nichts. Gar nichts. Alle laufen an ihm vorbei. Fred, Otto und Michael kommen dann aus der Teestube und geben ihm lachend etwas Kleingeld. Karin kommt aus der Teestube und redet auf ihn ein, offensichtlich will sie ihn zum Weggehen bewegen. Eckhart läßt sich nicht vertreiben, sondern schüttelt lächelnd den Kopf.

PASTORENFRAU *(dazu weiter im Off)*: ... das war schon unglaublich. So was war ja hier überhaupt noch nie dagewesen. Ich meine, das dauerte ein bißchen, aber irgendwann ...

Bild: Eckhart kommt in die Dritte-Welt-Gruppe (viele junge Mädchen in viel zu großen Pullovern), ähnlich wie oben in die Konfirmationsstunde, als Hahn im Korb und Held. Er läßt mehrere Spendenbüchsen entplomben und es sind phantastische Mengen Silbergelds darin, alle Büchsen sind randvoll gefüllt.

Eckhart neigt nur bescheiden lächelnd den Kopf, als alle ihn loben.

PASTORENFRAU *(weiter dazu im Off)*: ... waren wir alle sehr, sehr begeistert. Das war eine ganz tolle Sache. Der muß ja Tag und Nacht gesammelt haben, also wie der sich eingebracht hat, das war schon sagenhaft, ganz toll war das. Aber natürlich auch anstrengend. Der hatte sowas ...

Bild: Pastorenfrau, lächelt und gestikuliert mit den Händen.

PASTORENFRAU: ... sowas Besonderes, wissen Sie, das ist ganz schwer zu erklären, der hatte sowas Gewisses ...

Bild: Kriminalbeamter, Psychologin und Eckhart im Auto. Sie sind auf der Höhe von Grolland, einer Art Dorf zwischen Bremen-Neustadt und Huchting. Eckhart zeigt durch die Frontscheibe auf dieses und jenes, vornehmlich Vögel, aber auch auf den Taubendreck auf der Windschutzscheibe, dies mit einer Heftigkeit, die zur Verkehrsgefährdung führt. Die Psychologin muß mehrmals seinen Arm beiseite schieben. Eckhart redet pausenlos.

PASTORENFRAU *(dazu im Off)*: ... in seiner Art, wie soll ich das beschreiben, das war ein ganz besonderer Mensch, das war mir sofort klar.

Bild: Otto, Fred und Michael an ihrem Stammtisch.

FRED: Das hätten wir dann auch nicht gedacht, daß der Oberjesus uns alle beklauen würde.

OTTO: Und das Beste *(schaut triumphierend, hält einen Zeigefinger hoch)*, das Beste ist doch: Der hat dann sogar die Lehrer beklaut.

Bild: Das Auto mit dem Kriminalbeamten, der Psychologin und Eckhart am Sodenmattsee. Alle drei steigen aus. Eckhart redet, die anderen beiden schweigen. Der Kriminalbeamte nimmt Eckhart am Arm und zieht ihn in Richtung See. Eckhart zeigt hier- und dorthin, um auf Sehenswürdigkeiten aufmerksam zu machen.

MICHAEL *(im Off dazu)*: Was hier fehlte, war nicht nur viel Geld von uns, es fehlte vor allem auch jegliches Unrechtsbewußtsein bei ihm. Ich meine, man spricht ihn an und er gibt alles zu und sagt im Grunde nur: Was wollt ihr, es ist ja für die Dritte Welt.

Bild: Otto hält Eckhart im Schwitzkasten, Michael haut auf ihn ein. Fred steht dabei und will dann auch mal.

MICHAEL *(im Off dazu)*: Kurz darauf ging er von der Schule. Ob es damit zusammenhing? Glaube schon. Da wurde sicher nicht umsonst vieles gemunkelt. Aber man konnte ihm nicht richtig böse sein, er war wie eine Gummiwand.

Bild: Schuldirektor.

SCHULDIREKTOR: Das war allerdings ein starkes Stück mit ihm damals. Sowas hatten wir hier noch nicht gehabt. Den Sportlehrer, den eigenen Sport- und Geographielehrer bestehlen, in den Umkleideräumen unserer Sporthalle, das ging natürlich nicht. Da gab es gar nichts, da mußten wir ihn von der Schule weisen.

Bild: Eckhart, in einer Sparkasse, gibt mehrere große Geldscheine hin, bekommt dafür Rollen mit Münzgeld.

Bild: Eckhart, am Sodenmattsee, nimmt die Geldstücke aus den Rollen und fummelt sie in die Spendenbüchsen.

OTTO *(im Off dazu)*: Da haben sie ihn von der Schule geschmissen. Da war der Heiligenschein natürlich weg, das war ja wohl klar. Aber irgendwie haben wir ihn auch vermißt. Glaube ich. Weiß nicht mehr. Irgendwie schon, wahrscheinlich.

Bild: Fred, Otto und Michael am Stammtisch. Der Schuldirektor tritt heran, klopft zur Begrüßung auf den Tisch und setzt sich dazu.

SCHULDIREKTOR: Schön, Sie zu sehen, meine Herren! *(In die Kamera:)* Wir haben das in aller Stille gemacht, unter der Bedingung, daß er freiwillig geht. Das war auch im Sinne des Sportlehrers, der wollte das auch nicht an die große Glocke hängen.

MICHAEL: Ich denke, er war da Gefangener seines Selbstbildes. Er tat es sicher für die Sache, aber ich denke, die Sache war in erster Linie er selbst.

Alle am Tisch lachen herzlich über dieses Bonmot.

Bild: Kriminalbeamter mit Psychologin und Eckhart am Ufer des Sodenmattsees. Man sieht den Kriminalbeamten, Gesicht, Nahaufnahme, wie sein Blick energisch über den See streift. Man sieht Eckhart, der, kaum am Ufer angelangt, zu einigen Enten geht und sich vor ihnen in die Hocke niederläßt. Der Kriminalbeamte spricht ihn an, aber er reagiert erstmal nicht. Die Psychologin steht etwas abseits und beteiligt sich nicht.

ECKHART *(zu den Enten)*: Hallo, liebe Enten. Schön, daß ihr immer noch da seid. Ich bin's. Ich habe auch wieder jemanden mitgebracht.

PSYCHOLOGIN: Eckhart, warum ›wieder‹?

ECKHART: Was?

PSYCHOLOGIN: Naja, du hast gerade zu den Enten gesagt, daß du ›wieder jemanden mitgebracht‹ hast. Wer waren diese Jemande, die du zu den Enten mitgebracht hast?

KRIMINALBEAMTER *(scharf und zynisch)*: Ja, raus damit, Eckhart. Jetzt ist 12 Uhr mittags und jetzt sind wir hier. Jetzt und hier. Genau unser Thema. Jetzt und hier. Hier und jetzt. Ganz entspannt. Hier ist der See, da drüben hat's gebrannt.

ECKHART: *(Schweigt.)*

PSYCHOLOGIN: Ja nun ... – Eckhart?!

ECKHART: *(Schweigt.)*

KRIMINALBEAMTER: Da drüben, Eckhart. Da drüben hat's gebrannt.

PSYCHOLOGIN: Wer war dieser jemand, den du sonst noch zu den Enten mitgebracht hast?

ECKHART: Jemand? Als ich die Schule verließ, hatte ich eigentlich selten jemand. Ich wollte allein sein. Es war ja alles lächerlich, und wer wußte das besser als ich, der Lächerlichste von allen. Ich zog bei meiner Mutter aus ...

Bild: Mutter und ihr Freund.

MUTTER: Was sollte ich denn machen? Er war doch die ganze Zeit gar nicht mehr hier gewesen, und ich hatte den Karl kennengelernt, ist doch klar, daß ich ihm das Zimmer gegeben hatte, oder? Es tat mir ja auch leid! Eckhart, hatte ich gesagt, es tut mir wirklich leid, aber … *(fängt an zu weinen)* – also wirklich …

FREUND *(nickt beruhigend)*: Ja logisch. Das tut einem schon leid. Aber andererseits kann man eben auch nichts machen! Dann muß er eben raus! Sieh's mal so!

Bild: Vater, damals, in seiner Wohnung. Es klingelt, er geht an die Tür und schaut durch den Spion. Er sieht Eckhart mit einem Blumenstrauß, über das ganze Gesicht breit lächelnd, erwartungsvoll vor der Tür. Der Vater geht ohne aufzumachen, auf Zehenspitzen, aber leise singend von der Tür fort.

VATER *(singt)*:
Aber als er zur Wand ging
Um erschossen zu werden,
Ging er zu einer Wand die
Von seinesgleichen gemacht war
Und die Gewehre gerichtet auf seine Brust
Und diehie Kugeln waren von seiheinehesgleichen gemacht.

Bild: Karin, damals, in ihrer WG. Es klingelt, sie öffnet die Tür, draußen steht Eckhart, über das ganze Gesicht breit lächelnd, mit einem Blumenstrauß.

KARIN *(Off)*: Zu denken, daß er einfach bei mir auftauchen und wohnen könnte – das war natürlich typisch für ihn. Aber das ging nicht. Wir hatten ja gar nicht mehr richtig was miteinander zu tun, da hatte sich ja auch viel geändert. Außerdem, die anderen in der WG hätten das niemals erlaubt.

Bild: Otto, Fred und Michael, am Stammtisch.

OTTO: Er hatte dann 'ne eigene Wohnung, so im 13. Stock, wie der da rangekommen ist, das weiß ich heute noch nicht, der war doch noch keine achtzehn.

FRED: Typisch Eckhart. Immer vorneweg. Ich meine, er war der erste, der eine eigene Wohnung hatte, das war schon beeindruckend. Wir waren dann natürlich alle bei so einer Art Einweihungsparty ...

Bild: Einweihungsparty in Eckharts erbärmlich möblierter Einzimmer-Wohnung. Eckhart, Fred, Otto, Herbert, Heinz, Heinrich und Karin sitzen und liegen gelangweilt herum, schauen in einem kleinen Fernseher ›Spiel ohne Grenzen‹ und kümmern sich nicht um Eckhart, der Tee in kleine chinesische Porzellanbecher einschenkt.

— Erste eigene Wohnung —

FRED *(im Off dazu)*: ... aber das war schon ziemlich öde, muß ich mal sagen. Mit ihm war ja wirklich nicht mehr viel los.

FREUND DER MUTTER *(Off)*: War ja auch kein Schaden für ihn. Er mußte ja nicht auf der Straße leben, oder? Ich hab ihm einfach meine alte Wohnung gegeben, sogar mit Möbeln drin, da mußte er natürlich auch mal arbeiten, um die zu bezahlen, oder? Ich meine, das ist ja auch keine Schande.

Bild: Otto, Fred, Michael und der Schuldirektor feixend am Stammtisch.

MICHAEL: Das war natürlich der Hammer. Der absolute Hammer. Eckhart als Kaufhausdetektiv. Im Roland-Center!

Bild: Eckhart durchstreift in Zivil die Gänge eines Supermarktes im Roland-Center. Michael, Otto und Fred kommen auf ihn zu, klopfen ihm auf die Schulter, stecken sich einiges in die Taschen, ohne daß er es mitbekommt, und gehen dann wieder. Eckhart schaut ihnen nach.

FRED *(Off)*: Das war wieder das, was ich vorhin schon meinte. Er war uns immer ein bißchen voraus. Ich meine, er hat schon gearbeitet, und wir waren noch auf der Schule. Und was für eine Arbeit! Ich glaube, die haben ihn nur als Detektiv genommen, weil er nun so überhaupt nicht wie einer aussah. So gar nicht! *(Lacht.)*

Bild: Karin, heute, in der Badewanne. Auf dem Wasser schwimmt eine Gummiente.

KARIN: Mein Gott, war das peinlich. Ich meine: Kaufhausdetektiv. Das hatte ich wirklich nicht gedacht. Er hatte ja ungefähr soviel von einem Detektiv wie diese Ente hier. Wir als Angestellte hatten gar nicht mitbekommen, daß im Roland-Center plötzlich so zivile Detektive eingestellt wurden, das war ganz schön hinterhältig, ehrlich. Da hätte er ja mal zu mir kommen und mich warnen können, also wirklich …

Bild: Karin im Spar-Supermarkt im Roland-Center. Sie steckt ein Paket Kaffee in ihre Handtasche. Eckhart sieht das, beobachtet sie eine Weile und kommt dann mit einem zweiten Paket Kaffee und anderem Kleinkram zu ihr und steckt es ihr zu, in die Tasche, unter den Mantel. Karin wehrt sich dagegen und protestiert, aber Eckhart läßt sich nicht abweisen und redet unaufhörlich auf sie ein.

ECKHART *(dazu im Off)*: Ich war für diesen Beruf nicht geeignet. Denn wenn mir auch alles einerlei war, nie hätte ich jemanden ins Unglück stürzen können, und wieviel weniger noch Karin. Wie hätte man das von mir verlangen können? Und das …

Bild: Eckhart, der Kriminalbeamte und die Psychologin am Sodenmattsee. Eckhart ist aufgestanden, hat sich den beiden zugewandt und beide Hände erhoben, um seine Worte zu unterstreichen.

ECKHART: … das war der Tag. Das war der Tag, an dem ich die Wahrheit erfuhr.

KRIMINALBEAMTER: Wahrheit, genau! Eckhart, Wahrheit! Ich will sie, Eckhart, gib sie mir! Dafür sind wir hier.

PSYCHOLOGIN: Wahrheit! Wahrheit!

ECKHART: Wahrheit! Wahrheit! Wahrheit!

Bild: Karin. Steht in der Badewanne auf und beginnt sich einzuseifen.

KARIN: Erst dachte ich, er wollte mich erpressen, aber dann war es eigenartig: Er drehte völlig durch. Er nötigte mir jede Menge Kram auf, Kaffee, Kekse, alles sollte ich umsonst mitnehmen, das war schon eigenartig. Aber einmal in Fahrt, packte er mich am Arm, zog mich da raus nach gegenüber ins Zoogeschäft …

Bild: Eckhart zerrt Karin an der Hand in die im Roland-Center dem Supermarkt gegenüberliegende Zoohandlung, geht an die Vogelkäfige, nimmt zwei Wellensittiche in die Faust und trägt sie feierlich aus dem Geschäft in den Lichthof. Dort wirft er sie mit balletthaftem Schwung in die Luft und beide Vögel fallen stumpf zu Boden. Der eine in den Brunnen in der Mitte des Lichthofes, wo er ertrinkt, der andere auf den Fußboden, auf dem er zurück in das Zoogeschäft humpelt. Eckhart schaut fassungslos zu.

KARIN *(dazu im Off)*: … und machte da irgendwelche Befreiungsaktionen. Ich meine, das war richtig beängstigend. Dann nahm er seinen Detektivausweis und zerriß ihn vor meinen Augen. Ich meine, was wollte er mir denn damit sagen? Mir war das doch völlig egal, ehrlich gesagt.

Bild: Eckhart, mit Kriminalbeamtem und Psychologin am See.

ECKHART: Wahrheit?

KRIMINALBEAMTER: Wahrheit!

PSYCHOLOGIN: Ja, bitte!

ECKHART: Die Wahrheit war doch, daß alles ganz und gar einerlei war und mir immer ganz und gar einerlei gewesen war und mir immer alles ganz und gar einerlei sein würde, auch Karin, auch die Straßenbahn, auch der Tee, auch die Lagerfeuer. Das war also nicht nur der Tag, an dem ich die Wahrheit erfuhr, sondern auch der Tag, an dem ich mich entschließen sollte, daß dies der Tag war, mich umzubringen.

Bild: Eckhart macht eine Kunstpause, in der er die beiden herausfordernd anblickt.

KRIMINALBEAMTER: Moment mal, kannst du das noch einmal sagen?

ECKHART: Das war also nicht nur der Tag, an dem ich die Wahrheit erfuhr, sondern auch der Tag, an dem ich mich entschließen sollte, daß dies der Tag war, mich umzubringen.

KRIMINALBEAMTER: Ja, wie nun, Moment mal ... – also umbringen, ja? Selbstmord? War das die Wahrheit?

ECKHART: Nein, das doch nicht. Das war das andere!

KRIMINALBEAMTER *(verzweifelt)*: Was denn nun?

PSYCHOLOGIN: Hm, das kommt jetzt aber wirklich ein bißchen überraschend mit dem Selbstmord, Eckhart. War das nicht ein bißchen *sehr* plötzlich?

KRIMINALBEAMTER *(resigniert)*: Scheint ja auch nicht geklappt zu haben ... *(seufzt:)* Na gut, dann erzähl doch einfach mal, Eckhart, einfach mal erzählen!

Bild: Weiße Schrift auf schwarzem Grund:

XI – Ente im See

Bild: Herbst. Eckhart verläßt das Roland-Center. Es gießt in Strömen. Ein Straßenbahnfahrer der Linie 6 grüßt ihn, Eckhart aber grüßt nicht zurück. Er wandert in sich versunken langsam durch Huchting.

ECKHART *(erzählt im Off)*: Ich erfuhr die Wahrheit. Wie hätte ich mich da nicht umbringen sollen. Auch wenn davon zunächst noch gar nicht die Rede war.

KRIMINALBEAMTER *(Off)*: Noch nicht? Da kommt erst noch was anderes, nicht? Vorher, nicht wahr?

ECKHART *(unbeirrt, im Off)*: Genau. Ich hatte Hunger.

Eckhart geht durch Huchting. Fred und Otto kommen an ihm vorbei, sprechen ihn an, er aber geht an ihnen vorbei.

PSYCHOLOGIN *(Off)*: Hunger?!

ECKHART *(Off)*: Ja, Hunger. Das ist wichtig, um das Weitere zu verstehen.

KRIMINALBEAMTER *(Off)*: Er hatte Hunger.

Eckhart kommt an einem Frühstückscafé vorbei. Truschiges Oma-Café mit weißen Gardinen und billiger, selbstklebender Schrift auf der Schaufensterscheibe: ›Frühstück DM 6,– bis 15 Uhr‹.

Bild: Eckhart, wie er in das Café geht.

ECKHART: Ich wollte ein richtiges Frühstück, und es war erst 14.55 Uhr, aber sie wollten mir kein richtiges Frühstück mehr geben, ich meine jetzt das Frühstück, das sie im Angebot hatten.

KRIMINALBEAMTER *(Off)*: So so, das Frühstück, das sie im Angebot hatten. Das ist schon sehr interessant. Was wäre das denn gewesen? Das will ich jetzt aber auch noch wissen. Und zwar alles. Und ganz genau.

Bild: Eckhart, im Café, bärtig, mit Teppichtasche, mit der unwilligen Verkäuferin verhandelnd. Die Verkäuferin schüttelt dauernd den Kopf, Eckhart redet mit traurigem Blick auf sie ein. Schließlich tut ihm die Verkäuferin etwas auf einen Teller und gibt es ihm.

ECKHART *(im Off dazu)*: Nein, das würde jetzt zu weit führen, das ist nun wirklich egal. Worauf es aber hinauslief, das war, daß sie mir nur noch ein Brötchen gaben und eine kleine Dose Nutella, so eine ganz kleine, und das sollte ich mir dann selber schmieren.

Bild: Eckhart steht an einem Stehtisch im Café und betrachtet das Brötchen und die Nutelladose genau.

ECKHART *(Off)*: Ich wollte dann überhaupt nichts mehr essen, aber nicht aus Enttäuschung, sondern weil doch alles ohnehin ganz und gar einerlei war. Ich steckte das Brötchen ein, und auch die kleine Dose Nutella. Welche Tragweite das hatte, konnte ich da ja noch gar nicht wissen.

PSYCHOLOGIN: Was denn für eine kleine Dose? So ein kleines Glas?

ECKHART: Nein, Dose, so eine ganz kleine. Mit so Silberpapier oben.

PSYCHOLOGIN: Also so eine Minipackung für den einmaligen Gebrauch, ja?

ECKHART: Ja, ein Döschen, gewissermaßen, aus Alu oder so.

PSYCHOLOGIN: So aus Folie, ganz klein, reicht gerade für ein Brötchen?

ECKHART: Ja, genau. Richtig.

Bild: Kriminalbeamter, zwischen den beiden am Sodenmattsee stehend, grimmig schweigend von der einen zum anderen guckend.

PSYCHOLOGIN *(entschuldigend)*: Könnte doch wichtig werden.

ECKHART: Das ist wichtig. Sehr wichtig sogar.

KRIMINALBEAMTER: *(Schweigt gereizt)*.

PSYCHOLOGIN: Entschuldigung.

ECKHART: Tut mir auch leid. Sehr leid.

KRIMINALBEAMTER: Keine Ursache, ist doch schön, wenn ihr euren

Spaß habt. Ich fasse mal den Stand eurer Ermittlungen zusammen: Eine ganz kleine Nutellapackung, aus Alu, ja? Die kleinste, die es gibt, oder? Wolltest du dich deshalb umbringen?

ECKHART: Nein, nein, doch nicht deshalb. Ihr müßt schon genau zuhören. Das ist jetzt nämlich wichtig.

KRIMINALBEAMTER: Ah, das ist wichtig, das ist gut!

Bild: Eckhart (damals) kommt an den Sodenmattsee, an dieselbe Stelle, an der er jetzt mit der Psychologin und dem Kriminalbeamten steht.

ECKHART *(dazu im Off)*: Ich kam an den See, genau hier, und es dämmerte schon. Es war ein kalter, grauer Tag, und es dämmerte früh. Überall in Huchting ...

Bild: Kameraschwenk im vollen Kreis von der Stelle aus, an der Eckhart steht, man sieht Huchting in der Herbstdämmerung mit überall erleuchteten Fenstern.

ECKHART *(dazu im Off)*: ... gingen die Lichter an. Und zwischen all den Lichtern ...

Bild: Die Kamera sieht jetzt über den Sodenmattsee hinweg, wo am jenseitigen Ufer, zwischen den Bäumen, ein kleines Licht zu sehen ist.

ECKHART *(Off)*: ... bemerkte ich plötzlich ein kleines Licht. Ich blieb stehen und betrachtete es aufmerksam. Ich tat es nur, weil mir dieses kleine Licht einen Gedanken eingab: Ich beschloß, mich noch in derselben Nacht umzubringen.

PSYCHOLOGIN *(im Off, behutsam)*: Aber warum denn, Eckhart?

Bild: Eckhart (damals) geht ein Stück am Ufer des Sodenmattsees entlang, sich durch die Büsche quälend, auf der Suche nach etwas.

ECKHART: Aber das hatte ich doch schon zwei Monate zuvor fest beschlossen, und wie arm ich auch war, ich hatte mir doch eine große Flasche Lambrusco ...

Bild: Eckhart (damals) findet unter einem Gebüsch eine 2-Liter-Flasche Lambrusco und reibt sie sorgfältig sauber.

ECKHART *(Off)*: ... gekauft und sie noch am selben Tage hier am See versteckt.

Bild: Psychologin, Kriminalbeamter und Eckhart am See.

PSYCHOLOGIN: Ja, aber warum, Eckhart, warum gerade an diesem Abend, und was war das für ein Licht?

ECKHART: Es waren schon zwei Monate vergangen, und die Flasche lag immer noch in dem Gebüsch.

Bild: Eckhart am Gebüsch, den Verschluß der gerade gefundenen Flasche aufschraubend.

ECKHART *(Off)*: Es war mir alles dermaßen einerlei, daß ich einen Augenblick, in dem mir nicht alles so einerlei sein würde, abwarten wollte, warum, weiß ich nicht.

Bild: Eckharts Blick, zum See schweifend, Kamera folgt ihm, das kleine Licht am anderen Ufer ist zu sehen. Standbild.

ECKHART *(Off)*: Ich wartete immer auf den Augenblick. Und plötzlich gab mir dieses kleine Licht den Gedanken ein, und ich beschloß, daß es unbedingt in dieser Nacht geschehen sollte. Warum mir aber das kleine Licht diesen Gedanken eingab, das weiß ich nicht.

Bild: Eckhart, Psychologin und Kriminalbeamter am See. Die Psychologin schaut ihn fasziniert und gebannt an, der Kriminalbeamte schnippt sein Zippo-Feuerzeug auf und zu.

KRIMINALBEAMTER: Na gut, zwei Liter Lambrusco sind wahrscheinlich wirklich die letale Dosis. Und damit hast du dich dann umgebracht.

ECKHART: Wenn die Ente nicht gewesen wäre, ich glaube, ich hätte es auf der Stelle getan.

KRIMINALBEAMTER: Die Ente?

Bild: Eckhart (damals) geht wieder durch die Büsche zurück zu der Stelle, an der er eingangs zum Sodenmattsee kam. Er hat die Lambrusco-Flasche in der Hand. Plötzlich bleibt er stehen und betrachtet eine Ente, die aus dem Wasser steigt und auf ihn zuläuft. Einer ihrer Flügel scheint verletzt zu sein, denn er hängt schräg an ihrem Körper.

ECKHART *(Off)*: Denn es geschah, als ich gerade einmal wieder zu dem Licht hinschaute, daß sich eine Ente bei mir meldete, ein ganz und gar bemitleidenswertes Geschöpf. Und ich war sicher, daß sie zu mir sprach und mir etwas sagen wollte, aber ich hörte nicht zu.

Bild: Ente.

Bild: Eckhart, die Ente betrachtend.

Bild: Ente, quakt.

Bild: Eckhart, mit dem Brötchen, das er aus der Tasche holt, nach der Ente werfend.

Bild: Ente, empört von dannen ziehend.

ECKHART *(im Off dazu)*: Sie suchte meine Hilfe, das war sicher. Nie zuvor sprach ein Vogel so deutlich zu mir, wie es diese Ente tat. Und da geschah es denn, ich weiß nicht, warum, daß ich sie enttäuschte, ja quälte, sie mit eben jenem Brötchen bewarf, das ich vom Frühstück noch übrighatte und mit dem ich sie doch eigentlich hätte füttern können.

Bild: Der Kriminalbeamte steht etwas abseits, mit dem Rücken zu Eckhart und der Psychologin und betrachtet offensichtlich den See und die Ente, die dort umherpaddelt.

KRIMINALBEAMTER: War es diese Ente da? Die braune? Soll ich sie verhaften?

PSYCHOLOGIN: Erzähl weiter, Eckhart. Was hast du dann gemacht?

Bild: Eckhart (damals) am See, es ist jetzt ganz dunkel, er sitzt an derselben Stelle, an der die drei jetzt stehen, neben sich die Flasche Lambrusco, von der er ab und zu einen Schluck nimmt. Melancholische Musik, Ave Maria (gesungen von Roy Black) oder ähnliches.

ECKHART *(im Off dazu)*: Ich trank den Lambrusco. Und – ich weiß nicht, aber ich glaube, es hing mit der Ente zusammen – ich trank ihn langsam, den Wein, als wollte ich es gleichsam hinauszögern. Dabei war ich nicht ganz allein dort …

Bild: Die Kamera schwenkt von Eckhart weg und nach links, wo nur fünfzehn Meter entfernt Karin mit einer zehn Mann schweren Rockerbande ausgelassen feiert, statt der melancholischen Musik hört man brüllend laute Rockmusik, Geschrei der Rocker, Karin zieht unter Johlen und Pfeifen der anderen ihre Bluse aus, dann schwenkt die Kamera wieder zurück, die Rockmusik verschwindet und die melancholische Musik erklingt wieder aus dem Nichts. Eckhart ist wieder allein zu sehen, wie er am See sitzt und am Lambrusco nippt.

— Vale! —

ECKHART *(im Off dazu)*: … es gab dort andere Menschen, die fröhlich lärmten und sich des Lebens erfreuten, weil sie nicht wußten, daß alles ganz und gar einerlei war. Mir aber war selbst das einerlei.

KRIMINALBEAMTER *(Off)*: Und dann hast du dich endlich umgebracht. Aber wie denn nun, um alles in der Welt?

PSYCHOLOGIN *(Off)*: Ja, Eckhart, das mußt du uns jetzt aber mal sagen!

Bild: Eckhart und die beiden anderen, am See, heute.

ECKHART: Ich ging ins Wasser, natürlich.

KRIMINALBEAMTER: Ja, natürlich, ist ja logisch.

PSYCHOLOGIN: *(Nickt)*.

Bild: Eckhart (damals) im Wasser, das ihm bis zur Hüfte geht. Er schaut sich ratlos um, geht dann noch etwas weiter hinein, legt sich schließlich auf den Rücken und treibt so auf den See hinaus.

ECKHART *(dazu im Off)*: Es ging ganz leicht. Ich wußte erst nicht so recht, wie ich es anstellen sollte, es sollte ja niemand gestört werden, und ich konnte ja schwimmen, obwohl ich sicher auch betrunken war.

Bild: Nächtlicher Sternenhimmel über dem Sodenmattsee, so wie Eckhart ihn sah, als er auf dem Wasser trieb.

ECKHART *(weiter im Off)*: Ich machte toter Mann, das erschien mir passend. Ihr wißt ja, was ich meine: wenn man sich so auf den Rücken legt und nichts macht und trotzdem schwimmt. Es war gar nicht kalt, das war das Sonderbarste. Ich kann mich nicht erinnern, irgendwelche Kälte gespürt zu haben.

Bild: Eckhart, auf dem Wasser treibend, von oben gesehen, mit ausgebreiteten Armen und Beinen (Kreuzigungshaltung).

ECKHART *(weiter im Off)*: Wäre die Ente nicht gewesen, ich hätte vielleicht anders gehandelt, entschlossener, so aber wollte ich noch eine Weile treiben, es der Ente gleichtun, Teil des Sees sein und doch mich entfernen.

Bild: Sternenhimmel, wie oben, langsame Abblende.

ECKHART *(dazu im Off)*: Ich muß dann eingeschlafen sein.

Bild: Weiße Schrift auf schwarzem Grund:

2. Teil – Paradiso

Bild: Weiße Schrift auf schwarzem Grund:

XII – Sportsfreunde

Bild: Schwarz. Ganz schwarz. Dann erscheinen nach langen Sekunden Sterne, bewegen sich aber leicht schwankend. Man hört das leise Plätschern eintauchender Ruder und eine lieblich summende Frauenstimme.

ECKHART *(dazu im Off)*: Und plötzlich sah ich wieder was. Es war tiefe Nacht und mir war nicht kalt. Ich stellte keine Fragen, wartete und war stolz.

KRIMINALBEAMTER *(Off)*: Zu Recht, zu Recht.

PSYCHOLOGIN *(Off)*: Worauf?

KRIMINALBEAMTER *(Off)*: *(Lacht in sich hinein)*.

ECKHART *(im Off, lauter werdend)*: Ich versicherte mir, daß ich mich nicht fürchtete, und erstarb fast vor Entzücken bei dem Gedanken, daß ich mich nicht fürchtete. Ich weiß nicht mehr, wie lange ich so lag, aber die Musik war so schön ...

Bild: Wie oben, nur das Gesumme wird lauter und nerviger und mischt sich mit der oben beschriebenen Rockmusik auf das unerträglichste.

ECKHART *(weiter im Off, noch lauter, beinahe hysterisch)*: ... und der Himmel war so klar und ich schwamm wie eine Ente, ohne sonderbarerweise ...

Bild: Eckhart setzt sich auf und stellt fest, daß er sich in einem Boot befindet. Im Heck des Bootes sitzt eine Frau, die aussieht wie Karin, nur anders, ländlich-sittlich gekleidet, mit zu Schnecken aufgerollten Zöpfen. Links und rechts von ihr zwei paddelnde Männer, der eine sieht aus wie Otto, der andere wie Fred, auch sie gekleidet wie hundert Jahre früher. Das Boot ist von Papierlampions beleuchtet und schwebt romantisch über den See.

Eckhart *(weiter dazu im Off, jetzt sehr laut, am Ende brüllend)*: ... noch im Wasser mich zu befinden. Und dann begriff ich: Ich befand mich in einem Boot! In einem Boot mit anderen Menschen, von denen ich sogleich wußte, daß es liebe Menschen waren, und ich wußte, daß unsere Fahrt sogar ein Ziel hatte, ein unbekanntes und geheimnisvolles, das auch nur mich allein anging. Und die Angst wuchs in meinem Herzen.

Psychologin *(im Off, besänftigend)*: Das verstehe ich, Eckhart.

Kriminalbeamter *(Off)*: Ich wünschte, ich könnte das auch sagen ...

Bild: Das Boot aus der Ferne von schräg vorn. Dahinter sieht man die nächtliche Skyline der Huchtinger Neubauten langsam verblassen.

Eckhart *(im Off, hat sich wieder beruhigt, elegisch)*: Wir durchzogen dunkle, unbekannte Sphären. Langsam entschwanden die meinem Auge bekannten Häuser Huchtings in der Ferne. Neben uns schwamm eine Ente in friedlicher Eintracht, ja im Einklang mit uns über die Wasser des Sees, eine Botschafterin der Liebe wohl, wie alle Vögel. Und plötzlich überkam mich ein bekanntes, heimisches Gefühl. Ich sah den Sodenmattsee. Ich wußte, daß es nicht unser Sodenmattsee sein konnte, das Kind Huchtings, das unser Huchting geboren hatte, aber ich erfuhr durch irgend etwas, ich weiß nicht, wodurch, doch mit meinem ganzen Wesen erfuhr ich es, daß es ganz eben solch ein Sodenmattsee wie der unsrige war, seine Wiederholung und sein Doppelgänger.

Kriminalbeamter *(Off)*: Hm, da muß ich jetzt erstmal drüber nachdenken.

Psychologin *(Off)*: Bemüh dich nicht!

Kriminalbeamter *(Off)*: Fassen wir ruhig mal zusammen, also: Ein Boot und Leute, die dich rausfischten und dann durch die Gegend paddelten.

Eckhart *(Off)*: Aber wie ist es möglich, daß es solche Wiederholungen im Weltall gibt, ist denn wirklich derart das Weltgesetz?

Psychologin *(Off)*: Laß gut sein, Eckhart, erzähl doch einfach weiter.

ECKHART *(Off)*: O wie gerne möchte ich erzählen, wie gerne möchte ich …

PSYCHOLOGIN *(im Off, unterbricht ihn barsch)*: Dann tu's auch!

Bild: Wischblende. Eckhart und andere Menschen, die alle sehr archaisch in selbstgewebte Gewänder gekleidet sind und alle den schon bekannten Gestalten von der anderen Seite des Sodenmattsees entsprechen, also im folgenden Paradies-Otto, Paradies-Karin, Paradies-Herbert usw. heißen, sitzen in derselben Nacht am anderen Ufer des Sodenmattsees (im folgenden ›Paradies‹ genannt) im Schein eines Feuers. Neben Eckhart ein älterer Mann, der aussieht wie sein Vater.

ECKHART: Es ist schön hier.

PARADIES-VATER: Ja, sehr schön.

ECKHART: Es ist so schön hier.

PARADIES-VATER: Sehr wahr.

ECKHART: Ist es immer so schön hier?

PARADIES-VATER: Immer. Aber frag nicht. Wir fragen nicht, wir wollen nicht.

ECKHART *(Off)*: Wir fragen nicht, wir wollen nicht, sagten wir. Und so war das.

KRIMINALBEAMTER *(Off)*: Na prima. Ich wünschte, mir ginge es auch so.

PSYCHOLOGIN *(Off)*: Wer ist wir, Eckhart? Du und deine neuen Freunde da?

ECKHART *(Off)*: Freunde?

Bild: Eckhart und Otto im Paradies, jeder hält eine Steckrübe in der Hand und streichelt sie.

ECKHART: Seid ihr alle Freunde?

PARADIES-OTTO: Mehr als das. Freund sein kann jeder. Wir sind Sportsfreunde.

ECKHART *(Off)*: Wir waren Sportsfreunde.

— Sportsfreund —

Kriminalbeamter *(im Off, entgeistert)*: Sportsfreunde?

Psychologin *(Off)*: Fangen wir doch nochmal von vorne an. Du warst in diesem Boot. Wie ging es dann weiter? Wie bist du bei ihnen angekommen?

Kriminalbeamter *(Off)*: Nun drängel ihn doch nicht!

Eckhart *(Off)*: Ich bin nicht angekommen, ich war plötzlich da, und eigentlich war ich schon immer dagewesen. Ich muß bewußtlos gewesen sein, irgendwie von mir ganz unbemerkt war ich in jener anderen Welt angelangt ...

Bild: Paradies! Eckhart tritt durch eine Tür aus dem Dunklen heraus ins Freie, strahlender Sonnenschein. Er überblickt folgende Szenerie: eine große Ansammlung von eher wild aussehenden Beeten mit schmalen Wegen dazwischen, darin vereinzelt alte und unterschiedlich gebaute Schrebergartenhäuschen, so als hätte man in einer alten Schrebergartensiedlung Hecken und Zäune abgerissen und alles zusammengelegt. Eckhart geht in diese Landschaft hinein und die Kamera folgt ihm auf den Fersen. Er wandelt zwischen den Beeten umher, in denen grob und praktisch gekleidete, fröhliche Menschen verschiedenen Alters arbeiten, die, wenn er sich ihnen nähert, aufsehen, ihm zulächeln und ihn ganz selbstverständlich grüßen. Eckhart setzt sich auf eine Bank, woraufhin sich drei Wellensittiche, einer auf jeder Schulter und einer auf dem Kopf, bei ihm niederlassen, grad so, wie sich auch Paradies-Karin und Paradies-Vater neben ihm niederlassen, die ihm abwechselnd über den Kopf streicheln und gelassen auf ihn einreden. Eckhart sitzt zwischen ihnen und grinst zufrieden.

ECKHART *(dazu im Off)*: ... nach jener ersten Nacht erwacht im warmen Sonnenlicht eines paradiesisch schönen Tages. Oh, alles war ganz so wie bei uns, nur ganz anders, und alles schien in einer Feststimmung zu sein, in einem großen, heiligen, endlich erreichten Siege zu leuchten. Der freundliche, friedliche Sodenmattsee plätscherte leis an das Gestade und drängte sich zu ihm wie in unendlicher, sichtbarer, fast bewußter Liebe. Die hohen, schattigen Bäume standen in der ganzen Pracht ihrer Blüten, und ich bin überzeugt, daß mich ihre unzähligen Blättchen mit ihrem sanften, freundlichen Rauschen willkommen hießen und mir unbekannte Worte der Liebe zuflüsterten. Das Gras war von so leuchtendem, frischem Grün, die Vögel durchzogen in Scharen die Luft, auch und gerade die Sittiche, die sich mir furchtlos auf die Schultern und Arme setzten und mich freudig mit ihren bebenden Flügelchen schlugen, und schließlich erblickte und erkannte ich auch die Menschen dieser glücklichen Erde.

Bild: Die Leute im Paradies kommen zwischen ihren Beeten hervor und nähern sich Eckhart, umringen ihn und streicheln ihn ebenfalls über den Kopf.

ECKHART *(dazu im Off)*: Sie kamen von selbst zu mir, umringten und küßten mich. Es waren Kinder Huchtings, Kinder ihres Huchtings ...

KRIMINALBEAMTER *(Off)*: Hm, nette Leute, ja?! Das freut mich für dich, Eckhart, ehrlich. Und hast du die alle da zum ersten Mal gesehen oder kanntest du die schon? Ein paar vielleicht? Schon mal gesehen und so?

Bild: Eckhart im Paradies, ihm wird immer noch von den Bewohnern des Paradieses über den Kopf gestreichelt.

ECKHART *(dazu im Off)*: Niemals noch hatte ich solch eine Schönheit im Menschen gesehen. Die Augen dieser seligen Menschen waren licht und klar. Aus ihren Gesichtern sprach Vernunft und eine, ich möchte sagen, bis zur Ruhe vollkommene Erkenntnis, doch waren diese Gesichter ausnahmslos heiter; aus den Worten und der Stimme dieser Menschen klang kindliche Freude …

KRIMINALBEAMTER *(Off)*: Also nicht. Nicht bekannt, die Leute! Noch nie gesehen!

ECKHART *(Off)*: Es waren bessere Menschen, wie hätte ich sie vorher sehen können, bevor ich in ihre Welt eindrang?

Bild: Paradies, Musik. Eckhart schlendert, von Paradies-Karin und Paradies-Vater untergehakt, durch das Paradies. Einzelne Bewohner hocken zwischen den Beeten und spielen Murmeln. Überall sind Schildkröten, Wasser- wie Landschildkröten, zwischen denen sie sich vorsichtig bewegen müssen. Immer mehr Vögel, allesamt Wellensittiche, kommen ins Bild. Paradies-Vater und Paradies-Karin unternehmen, während sie mit Eckhart sprechen, verschiedene nützliche Handlungen, z. B. ziehen sie eine einzelne Steckrübe aus einem Beet, um sie zu streicheln, helfen dann und wann einer Schildkröte oder einem Vogel auf den richtigen Weg, werfen Unmengen Vogel- bzw. Schildkrötenfutter (alles dasselbe) in die Gegend, schreiten das Ufer des Sees ab, weisen ohne Erklärung in die Ferne usw. usf., dazu kommen manchmal andere Bewohner der Siedlung, z. B. Paradies-Fred, Paradies-Otto usw. stumm dazu und tun mit.

Eckhart *(dazu im Off)*: Diese Menschen, oder soll ich sagen: Wesen einer höheren, besseren Ordnung, sie lebten mit allem im Einklang, mit dem See, mit dem Land, mit den Tieren, mit den Fröschen …

Kriminalbeamter *(Off)*: Aha, mit den Fröschen also auch.

Eckhart *(Off)*: … höchstens in unseren Kindern hätte man in ihren ersten Lebensjahren einen entfernten, wenn auch schwachen Widerschein dieser Schönheit finden können. Die Augen dieser glücklichen Menschen strahlten in klarem Glanz. Aus ihren Gesichtern sprach Vernunft und eine schon bis zur vollkommenen Ruhe gelangte Einsicht, aber diese Gesichter waren heiter; in den Worten und Stimmen dieser Menschen lag der Klang kindlichen Frohsinns.

Bild: Paradies, immer noch Musik, zwei kleine Mädchen am Ufer des Sodenmattsees, fröhlich und unaufhörlich Sand essend.

Eckhart *(weiter im Off)*: Diese Erde war durch keinen Sündenfall entweiht. Auf ihr lebten Menschen, die nicht gesündigt hatten …

Bild: Paradies, immer noch Musik, die nackte Paradies-Karin springt in Zeitlupe zwischen den Beeten umher, dahinter ein nackter Paradies-Michael, ihr immer dicht auf den Fersen.

Eckhart *(Off)*: … lebten im gleichen Paradies wie dem, in dem nach den Überlieferungen der ganzen Menschheit auch unsere in Sünde gefallenen Ureltern gelebt hatten.

Bild: Eckhart umringt von den Menschen im Paradies, Paradies-Vater hält ihm eine Schildkröte, Paradies-Karin eine Steckrübe entgegen. Eckhart lächelt, nimmt die Steckrübe und streichelt damit die Schildkröte.

Psychologin *(im Off, sanft)*: Paradies, Eckhart, es war also das Paradies, ja? Ein Paradies mitten in Huchting, ja? Wie erklärst du das, wie war das deiner Meinung nach möglich?

Eckhart *(Off)*: Erklären?

Psychologin *(Off)*: Naja, hast du sie mal gefragt, wie sie da hingekommen sind?

Bild: Eckhart, noch immer die Schildkröte, die sich nun ganz in ihrem Panzer verkrochen hat, mit der Steckrübe streichelnd.

KRIMINALBEAMTER *(Off)*: Genau: Waren die schon immer da, oder waren die gerade erst zugezogen?

ECKHART *(Off)*: Ein jeder Ursprung liegt im Dunkeln und was wahr ist, hat keine Geschichte. Das also konnte gar nicht die Frage gewesen sein.

KRIMINALBEAMTER *(Off)*: Riesig! Was war denn die Frage?

Bild: Die die Schildkröte streichelnde Steckrübe bewegt sich auf die Kameralinse zu und deckt sie ab. Schwarz. Dann Schrift, weiß auf schwarz:

XIII – Hungerreis und Kaffeekorn

Bild: Schwarz.

ECKHART *(Off)*: Was die Frage war?

KRIMINALBEAMTER *(Off)*: Ja! Wenn nicht das, was war denn dann die Frage?

Bild: Aufblende: Eckhart, im Kreise der anderen Paradiesbewohner, nachts, am Feuer.

PARADIES-VATER *(beiläufig)*: Eine Frage, Eckhart: Kennst du die Dogon?

ECKHART: O ja, eins meiner Lieblingsvölker.

PARADIES-VATER: Was weißt du von ihnen?

— Dogon auf der Bank —

Bild: Eckharts Gesicht, beglückt lächelnd. Während er erzählt, sieht man immer wieder auch andere Paradiesbewohner in Großaufnahme (Feuerschein, indianermäßig), wie sie beifällig nicken.

ECKHART *(beflissen)*: Praktisch alles, was sie machen, wo sie wohnen, Längengrad, Breitengrad, was ihr wollt.

PARADIES-VATER: Wir wollen nicht.

ECKHART: Ihr wollt nicht? Dann fragt mich was.

PARADIES-VATER: Wir fragen nicht.

ECKHART: Was soll ich dann tun?

PARADIES-VATER: Sprechen, Dummkopf.

ECKHART: Nun denn, ich spreche zwar ihre Sprache nicht …

PARADIES-FRED: Oh, er spricht ihre Sprache nicht!

ECKHART: … aber ich weiß den Namen ihrer Sprache, ihre Sprache heißt ›So‹, und wohnen tun sie ungefähr 16 Grad 43 Minuten nördlicher Breite und 2 Grad 57 Minuten westlicher Länge südwestlich des Nigerknies von Timbuktu, zentriert um die Falaise von Bandiagara, einem steilen Felsabfall, der sich über zweihundert Kilometer etwa von Nordosten gegen Südwesten hinzieht. Dieser beinahe senkrechte Absturz einer felsigen Hochebene ragt gleich einer Steilküste zwei- bis dreihundert Meter hoch über die wasserarme Ebene von Gondo empor, die von sandigen Hügeln gekräuselt ist, wie ein Meer. Auf den Terrassen des Abfalls, den Geröllhalden an seinem Fuße, bis weit nach Süden in die Ebene hinein, in den Schründen und Tälern der Hochebene: da liegen vereinzelt oder in Gruppen die eng geschlossenen Dörfer der Dogon …

ALLE PARADIESBEWOHNER *(im Chor)*: Da liegen vereinzelt oder in Gruppen die eng geschlossenen Dörfer der Dogon!

PARADIES-OTTO *(übereifrig)*: Da liegen sie, da liegen sie. Eine Viertelmillion Menschen leben dort!

PARADIES-VATER: Eckhart, Sportsfreund, du weißt viel.

PARADIES-MICHAEL: Viel weiß er, aber weiß er auch alles über den

Weißen Zwerg? *(Sieht sich triumphierend um).* Die Dogon beherbergen eine Höhle auf ihrem Gebiet, die weit in die Berge hineinreicht, und in dieser Höhle befinden sich Höhlenmalereien an den Wänden. Die Zeichnungen befinden sich seit über 700 Jahren dort.

PARADIES-OTTO *(begeistert)*: 700 Jahre, das ist lang.

ALLE *(im Chor)*: 700 Jahre, das ist verdammt lang.

PARADIES-KARIN *(nimmt den Faden auf)*: Und ein bestimmtes Mitglied, der heilige Mann ihres Stammes, sitzt am Eingang der Höhle und beschützt sie. Das ist sein Job, sein ganzes Leben lang.

CHOR: Das ist sein Job, sein ganzes Leben lang.

PARADIES-OTTO: Sie ernähren ihn und sie beschützen ihn, so wie er die Höhle schützt. Und niemand darf ihn berühren oder ihm nahe kommen. Und wenn er tot ist, übernimmt ein anderer heiliger Mann seinen Posten.

CHOR: Und wenn er tot ist, übernimmt ein anderer heiliger Mann seinen Posten.

PARADIES-VATER *(steht auf)*: Ruhe! In dieser Höhle befinden sich Zeichnungen und Informationen. Ich werde euch nun von diesen Informationen erzählen. Zuerst beziehen sie sich auf den hellsten Stern am Himmel, Sirius. Und ist es nicht Sirius, der dem Nil bis auf den heutigen Tag sagt: »Es ist an der Zeit, Sportsfreund, über die Ufer zu treten und Fruchtbarkeit zu verbreiten in den Landen«? Sirius, unser Hundsstern?

CHOR: Ja, es ist Sirius, unser Hundsstern.

PARADIES-OTTO *(übereifrig)*: Auf jeden Fall! Ganz klar!

Bild: Paradies-Vater zeigt nach oben.

PARADIES-VATER: Wenn man nun auf den Oriongürtel schaut, diese drei Sterne in einer Reihe, und in Richtung dieser drei Sterne schaut, die Richtung links geht, sieht man einen sehr hellen Stern: da ist er.

Bild: Sternenhimmel, wie Eckhart ihn sieht und absucht. Sternenübersät und völlig unergründlich.

ECKHART *(hin- und herguckend, ratlos)*: Aha!

CHOR *(genauso ratlos)*: Aha!

Bild: Vater, im Feuerschein, geheimnisvoll mit dem Finger drohend.

PARADIES-VATER: Wenn man auf die andere Seite des Oriongürtels schaut, ungefähr doppelt so weit nach rechts, sieht man die Plejaden. Die Informationen in der Höhle der Dogon besagen nun allerdings überdeutlich, daß es einen Stern gibt, der mit Sirius einen gemeinsamen Schwerpunkt umkreist.

Bild: Eckhart nickt unaufhörlich, lächelnd, als ob er irgendwas begreifen würde, und er tut das mit wachsender Begeisterung.

PARADIES-MICHAEL: Wenn das wahr wäre – und das ist es, das ist bewiesen –, wäre das für die Wissenschaftler sehr interessant, weil wir diesen zusätzlichen Stern mit dem bloßen Auge nicht sehen können – eigentlich können wir ihn nicht einmal mit den besten Teleskopen sehen.

CHOR: Das muß man sich mal vorstellen: Nicht einmal mit den besten Teleskopen!

PARADIES-OTTO: Geschweige denn mit dem bloßen Auge.

CHOR: Nein, damit auch nicht.

PARADIES-KARIN: Sie haben nach ihm geschaut, und lange lange nichts gefunden. Die Dogon sind sehr genau, was diesen Stern betrifft. Sie sagen, er ist sehr sehr alt und sehr klein, und er ist aus, wie sie es nennen, der schwersten Materie des ganzen Universums, und sie erklären, daß dieser kleinen Stern namens Digitaria ungefähr fünfzig Jahre braucht, seine Umlaufbahn zu vollenden.

ALLE *(im Chor)*: Ungefähr fünfzig Jahre.

PARADIES-OTTO: Das ist nicht gar so lang!

KRIMINALBEAMTER *(Off)*: Halt mal eben ...

Bild: Das Bild der enthusiasmierten Paradiesbewohner am Lagerfreuer friert ein. Man hört das Zischen vom Öffnen einer Bierflasche.

KRIMINALBEAMTER *(Off)*: Das ist alles ein bißchen starker Tobak jetzt, Eckhart. Nun mal langsam – also: Fünfzig Jahre, schwerste Materie, Digitaria?

ECKHART *(Off)*: Du kannst auch Hungerreisstern zu ihm sagen.

KRIMINALBEAMTER *(Off)*: Zu wem?

ECKHART *(Off)*: Digitaria!

KRIMINALBEAMTER *(Off)*: Ach so, na dann !

ECKHART *(Off)*: Aber das Beste kommt noch.

Bild: Das oben eingefrorene Bild (Paradiesbewohner am Lagerfeuer) läuft weiter.

CHOR DER PARADIESBEWOHNER: Das Beste kommt noch!

Bild: Lagerfeuer, Paradies-Vater, mit ausgebreiteten Armen.

PARADIES-VATER *(schwer hymnisch)*: Digitaria! Erstgeschaffener Gottes, schwerster aller Sterne, Kleinstes, das es gibt! O er ist Achse der Welt, ohne dessen Bewegung kein anderer Stern sich hält, o Keim alles Schöpferischen, der in ihm beschlossen liegt. Außerdem besitzen die Dogon Kenntnis von einem zweiten Begleiter des Sirius: Emme Ya, der Kaffeekornstern.

ALLE *(im Chor)*: Ja! Den kennen sie auch noch!

Bild: Der Vater redet weiter und die anderen Paradiesbewohner wiegen sich dazu am Lagerfeuer und fallen dann und wann im Chor ein. Dies alles jetzt aber stumm.

KRIMINALBEAMTER *(im Off dazu)*: Kaffeekornstern. Hungerreisstern, das ist groß, Eckhart.

PSYCHOLOGIN *(Off)*: Also, Eckhart, mir ist das jetzt nicht ganz klar: Was hatte das denn praktisch zu bedeuten?

ECKHART *(Off)*: Ihr Wissen wurde durch andere Erkenntnisse genährt als das Wissen auf unserer Erde, und ihre Bestrebungen waren gleichfalls gänzlich anderer Art. Doch war ihr Wissen ein tieferes und höheres als das unserer Wissenschaft. Denn unsere Wissenschaft versucht das Leben zu erklären, will es selbst ergründen, um die Menschen zu lehren, wie sie leben sollen, sie aber wußten schon, wie sie zu leben hatten, und das begriff ich, aber ihr Wissen konnte ich nicht begreifen, ihr Wissen war ein Nicht-Wissen, nach unseren Maßstäben.

KRIMINALBEAMTER *(im Off, lacht)*: Halten wir an dieser Stelle mal fest, Eckhart: Du hast das also auch nicht begriffen?

ECKHART *(Off)*: Nein, aber das war nicht wichtig.

— Zwei Dogon im Gespräch —

Bild: Schwarz. Dann weiße Schrift auf schwarzem Grund:

XIV – Nichts. Reden.

PSYCHOLOGIN *(Off)*: Warum nicht?

ECKHART *(Off)*: Begreifen ist Denken. Das war es nicht, was wir wollten.

KRIMINALBEAMTER *(im Off, lacht)*: Nicht? Wieso fällt es mir so schwer, das zu glauben!

PSYCHOLOGIN *(Off)*: Was wolltet ihr dann?

Bild: Der Paradies-Vater am Lagerfeuer mit den Paradiesbewohnern, wie oben.

PARADIES-VATER: Was wollen wir?

PARADIESBEWOHNER IM CHOR: Nichts. Reden.

ECKHART *(Off)*: Nichts. Reden.

KRIMINALBEAMTER *(Off)*: Als ob ich's mir nicht gedacht hätte …

PSYCHOLOGIN *(Off)*: Was denn jetzt: Nichts oder reden?

ECKHART *(im Off, verwirrt)*: Beides, glaube ich, oder vielmehr, ich weiß es, wenn ich auch nicht weiß, wie, aber das war ja auch nicht …

Bild: Paradies, Eckhart, der seinen Kopf in Paradies-Karins Schoß liegen hat, der Paradies-Vater kommt dazu und setzt sich daneben.

PARADIES-VATER: Eckhart! Willst du weiter Eckhart sein?

ECKHART: Wieso?

PARADIES-VATER: Eckhart, wir fragen nicht. Wir wollen nicht. Was wollen wir?

ECKHART: Nichts. Reden.

PARADIES-VATER *(nach einer kurzen Pause)*: Wollen wir reden?

ECKHART: Immer!

PARADIES-VATER: Wir reden alle immer noch zuwenig. Stattdessen denken wir zuviel. Denken – das ist nicht gesund! Und gesund wollen wir doch sein, oder?

Bild: Eckhart, Paradies-Vater und Paradies-Karin nackt in einer improvisierten Sauna in einer kleinen Schrebergartenhütte. Paradies-Otto steht an einem Feuer und bereitet einen Aufguß zu.

PARADIES-VATER: Wir sind gesund. Wir schwitzen. Weil wir arbeiten? Nein, weil wir reden.

Bild: Paradies-Vater nimmt einen Birkenzweig und schlägt damit sanft auf Eckhart ein, Paradies-Karin nimmt ebenfalls einen Birkenzweig und schließt sich an. Eckhart kichert.

Bild: Jetzt ist die Sauna proppenvoll mit allen Bewohnern des Paradieses, und alle schlagen aufeinander mit Birkenzweigen ein, Eckhart mittendrin.

PARADIES-VATER *(schlagend)*: Wir reden, reden, reden und reden, und dann schwitzen, schwitzen, schwitzen und schwitzen wir, und das ist gesund. Weil es rein ist. Und gesund. Und gesund wollen wir doch sein, oder? Und rein.

Bild: Eckhart schlägt sich jetzt selber mit einem Zweig.

ECKHART *(begeistert alles übertreffen wollend, unter dem Sirren allseitig peitschender Birkenzweige)*: Auch Schweigen ist Reden, oder? Hört ihr das Schweigen wie ich?

PARADIES-OTTO *(komplett enthusiasmiert)*: Er hat recht, er hat recht, auch Schweigen ist Reden, ich höre es!

ALLE *(im Chor)*: Ja, wir hören es wie du. Auch Schweigen ist Reden, und gesund ist es auch.

PARADIES-VATER: Nein. Ist es nicht!

CHOR: Ist es nicht!

PARADIES-OTTO *(wütend auf Eckhart einschlagend)*: Ist es nicht! Ist es nicht! Ist es nicht!

Bild: Friert ein, genau in dem Moment, in dem der Birkenzweig Eckharts Rücken trifft.

PSYCHOLOGIN *(dazu im Off)*: Okay, denken war eure Sache nicht, schweigen auch nicht. Das ist doch schon mal gut zu wissen!

— Das Schweigen am anderen Ufer —

KRIMINALBEAMTER *(Off)*: Und gelebt habt ihr doch sicher vegetarisch, oder? Kann mir nicht vorstellen, daß ihr da Tiere geschlachtet habt! Oder Geld für Fleisch hattet!

ECKHART *(Off)*: Natürlich nicht!

KRIMINALBEAMTER *(Off)*: Natürlich nicht!

Bild: Paradies, alle Paradiesbewohner sind um ein Lagerfeuer versammelt und singen. Eckhart springt auf und tanzt um alle herum, die sich daraufhin auch erheben und mit ihm mittanzen.

ECKHART *(dazu im Off)*: Es war so: Sie waren munter und fröhlich wie Kinder. Sie schweiften in ihren herrlichen Hainen und Wäldern umher, sie sangen ihre schönen Lieder ...

Bild: Paradies, tags, eine große primitive Kochstelle. Otto rührt mit einem Ast in einem großen Topf. Von der einen Seite bilden Menschen eine Kette und schütten mit der hohlen Hand Wasser in den Topf, während Eckhart von der anderen Seite Steckrüben und ungeschälte Kartoffeln einzeln von einem großen Haufen nimmt und zögernd hineinfallen läßt.

ECKHART *(Off)*: ... nährten sich von leichter Kost, von den Früchten ihrer sie liebenden Bäume und Beete. Um ihre Ernährung und Kleidung machten sie sich nur wenig Mühe und nur so nebenbei.

Bild: Paradies, tags, Eckhart und Paradies-Karin hüpfen nackt und in Zeitlupe auf eine Hütte zu und verschwinden darin.

Bild: Eckhart und Paradies-Karin in der Hütte, wie sie nackt und ratlos auf dem Bett liegen und Eckhart langsam und zögerlich eine ihrer Brüste in die Hand nimmt.

Bild: Eckhart und Paradies-Karin, in der gleichen Stellung, eingeschlafen.

Bild: Eckhart und Paradies-Karin, wieder erwacht, Eckhart beginnt ganz langsam, Paradies-Karins linke Brust zu kneten.

ECKHART *(Off)*: Sie kannten die Liebe, und es wurden Kinder geboren, aber nie bemerkte ich bei ihnen Ausbrüche jener grausamen Wollust, die fast alle Menschen auf unserer Erde überkommt, alle und jeden, und die die einzige Quelle der Sünden unserer Menschheit ist.

Bild: Wie oben, nur daß Paradies-Otto dazukommt, sich die Sache ansieht, dann rechts neben Paradies-Karin aufs Lager sinkt und Paradies-Karins rechte Brust in die Hand nimmt.

Eckhart *(Off)*: Sie kannten weder Streit noch Eifersucht untereinander und wußten nicht einmal, was das bedeutete.

Bild: Eckhart, Paradies-Karin und Paradies-Otto, alle drei wieder eingeschlafen.

Bild: Eckhart mit den beiden kleinen Mädchen am Ufer des Sodenmattsees, alle drei zusammen Sand essend.

Eckhart *(Off)*: Ihre Kinder waren die Kinder aller, denn alle bildeten eine einzige Familie.

Bild: Eckhart, Paradies-Karin und Paradies-Otto, wie oben, aber im Bett sitzend, singend. Andere Bewohner kommen nach und nach dazu und singen mit.

Eckhart *(Off)*: Abends vor dem Schlafengehen sangen sie gern in harmonischen Chören. In diesen Abendgesängen gaben sie die Gefühle wieder, die der vergangene Tag ihnen gebracht hatte, und sie lobten und priesen ihn und nahmen Abschied von ihm.

Bild: Alle Paradiesbewohner sitzen zwischen den Beeten, alle haben eine Steckrübe in der Hand und singen sie an, während sie lustige Gesichter in sie hineinschnitzen.

Eckhart: Sie priesen die Natur, die Erde, das Meer, die Wälder. Sie besangen einander in Liedern und lobten sich, wie Kinder sich loben; es waren einfache Lieder, aber sie ergossen sich aus dem Herzen und gingen zu Herzen.

Bild: Die Paradiesbewohner, wie sie nachts mit einem Boot auf den See rudern. Der Paradies-Vater erhebt sich im Boot, in der Hand einen großen mechanischen Wecker, zeigt auf die Sterne und wirft dann den Wecker mit großer Geste in den See. Alle anderen singen dazu.

Eckhart *(Off)*: Das Wort ›schnell‹ kannten sie nicht und das Wort ›langsam‹ kannten sie nicht, denn sie kannten die Zeit nicht. Und wo sie sie kannten, lehnten sie sie ab. Nicht aber lehnten sie die Steckrübe ab, und um wieviel weniger noch die Ente, den Sittich oder die Schildkröte, die geliebte Kröke, dazu brauchten sie keine Lehre und kein Dogma, sie liebten die Kröke so sehr, wie sie sonst höchstens noch sich selbst oder die anderen Sportsfreunde liebten.

Bild: Der Paradies-Vater sitzt vor dem Großen Haus. Alle kommen dazu und Paradies-Vater führt sie ins Haus hinein und zeigt ihnen naive Malereien, über denen die Worte ›Hungerreisstern‹ und ›Kaffeekornstern‹ geschrieben stehen. Der Paradies-Vater zeigt auf die Bilder und hält derweil einen Vortrag, dann singen alle.

ECKHART: Und natürlich kannten sie keine Regeln, aber sie hielten sie alle ein, denn sie hatten das Große Haus und priesen die Dogon und deren wunderbar wertvolles Welten-Wissen, für das keiner was konnte und das natürlich überhaupt keine Bedeutung hatte, außer daß alle sich liebten und davon sangen, überhaupt sangen sie immer Lieder, die davon handelten, wie sehr sie liebten.

Bild: Zwei Schildkröten, von Eckharts Händen gehalten, sollen offensichtlich zum Schmusen gebracht werden.

Bild: Man sieht alle Bewohner des Paradieses, die die gleiche Handlung vornehmen, teils mit Schildkröten, teils mit Wellensittichen.

ECKHART: Und nicht nur in Liedern, nein, im ganzen Leben taten sie nichts anderes als einander lieben. Das war geradezu eine gegenseitige Verliebtheit, ein großes allgemeines Verliebtsein. Vor lauter Empfinden der Lebensfülle stockte mir der Atem, und redend betete ich sie an.

Bild: Eckhart und zehn andere Bewohner des Paradieses tanzen Ringelreihen. Eckhart bleibt stehen, was auch die anderen innehalten läßt, kriecht dann auf dem Boden den Kreis ab, auf dem sie getanzt hatten, und küßt fortwährend die Erde. Mittendrin bricht er wieder ab, gräbt eine kleine Kuhle, und alle beginnen Murmeln zu spielen.

ECKHART *(im Off dazu)*: Und die Murmel, die liebten sie auch, und wir ließen sie rollen und rollen und rollen, auf daß sie sich wohlfühlte und uns liebte, wie auch wir sie liebten.

PSYCHOLOGIN *(Off)*: Hm, Eckhart, Murmeln, Sittich, Kröke, das kommt mir alles sehr bekannt vor.

ECKHART *(Off)*: Steckrübe auch!

PSYCHOLOGIN *(Off)*: Kann es sein, daß du dir das zum Teil auch einfach nur so erträumt hast? Daß du es vielleicht auch nur gern so gehabt hättest?

ECKHART *(Off)*: Nein. Aber diese Welt, wie hätte ich sie mir allein ausdenken oder mein Herz sie erträumen können? Wäre es möglich, daß mein seichtes Herz und mein launischer, nichtiger Verstand sich zu einer solchen Offenbarung der Wahrheit hätten erhöhen können? O urteilt selbst: Ich habe es bisher verheimlicht, jetzt aber werde ich auch diese Wahrheit zu Ende aussprechen. Die Sache ist die, daß ich *(mit ganz böser Stimme:)* ... sie alle verdarb!

Bild: Schwarz. Dann weiße Schrift auf schwarzem Grund:

XV – Trichinenalarm

Bild: Eckhart, der Kriminalbeamte und die Psychologin stehen an einem Kiosk im Herzen Huchtings. Neben dem Kriminalbeamten drei leere, große Bierflaschen auf einem kleinen Abstellbrett. Die Psychologin hält den Ellenbogen des einen Arms mit der Hand des anderen fest und raucht. Der Kriminalbeamte öffnet gerade eine neue Flasche Bier. Auf Eckharts letzten Satz hin hält er inne.

KRIMINALBEAMTER *(plötzlich hellwach und wieder nüchtern)*: Oho! Du hast sie verdorben? Was bedeutet denn das, verdorben?

ECKHART: Ich weiß nicht, ob ich euch damit überhaupt belasten darf! Das war schlimm, ganz schlimm.

KRIMINALBEAMTER: Komm schon, sag's mir, Eckhart. Ich kann was vertragen, wirklich. Die Kollegin hier sowieso. Wie hast du sie verdorben, deine Freunde?!

ECKHART: Sportsfreunde.

KRIMINALBEAMTER: Sportsfreunde, auch gut. Sag's mir. Aber eins mußt du noch wissen: Du mußt das nicht erzählen. Aber wenn du es erzählst, dann kann es gegen dich verwendet werden. Und wenn du Hilfe willst: Du kannst auch einen Anwalt haben. Da hast du ein Recht drauf. Und wenn du dafür kein Geld hast, dann wird dir der bezahlt. Irgendwie habe ich das Gefühl, dir das sagen zu müssen, Eckhart, denn irgendwie, ich weiß auch nicht, warum, habe ich das Gefühl, daß es jetzt erst richtig interessant wird.

PSYCHOLOGIN: Ich kann nicht mehr. Mir tun die Füße weh vom Stehen. Wir sollten mal wieder weitergehen. Vielleicht finden wir ja mal was, wo man sich hinsetzen kann.

KRIMINALBEAMTER: Okay. Aber das muß klar sein, Eckhart: Du hast das Recht zu schweigen.

ECKHART: Schweigen? Davon kann keine Rede sein. Ich will nicht mehr schweigen. Ich übernehme Verantwortung. Ich war böse. Ich habe sie alle verdorben. Auch wenn ich nichts dafür konnte ...

KRIMINALBEAMTER: Natürlich konntest du nichts dafür, ist doch klar. Ihr könnt ja immer nichts dafür. Und in höherem Sinne habt ihr ja immer recht: Wer kann das schon ...?!

PSYCHOLOGIN: Können wir dann mal weitergehen?

KRIMINALBEAMTER *(seine Bierflasche hebend)*: Ich kann doch damit jetzt nicht durch Huchting laufen, das muß ich erstmal austrinken. *(Überlegt es sich anders.)* Na gut, gehen wir weiter!

ECKHART: Ihr Lieben, nicht streiten! Genau so hat es bei uns auch angefangen, und immer lag es an mir. Auch wenn das Böse nur an mir war und nicht inwendig, ja, das ist die Wahrheit, für die ich stehe: ich war's, auch wenn ich überhaupt nichts dafür konnte.

KRIMINALBEAMTER: Es sieht sowieso nach Regen aus, Leute. Eckhart, gibt es diese sagenhafte Teestube eigentlich noch, und wenn ja, hat sie sonntags geöffnet?

ECKHART: Alles meine Schuld. Dort war es genauso. In der Teestube auch. Ob es sie noch gibt? Ich weiß es nicht, ich weiß nur noch ...

Bild: Überblendung, Paradies, sonniger Tag, weißgekleidete Frauen waschen Wäsche am Ufer des Sodenmattsees.

ECKHART *(im Off)*: ... daß die Ursache des Sündenfalles ich war, immer und überall. Vor allem dort, am anderen Ufer des Sodenmattsees. Wie eine scheußliche Trichine, wie eine Pestbazille, die ganze Erdteile verwüstet, so verpestete auch ich dieses ganze sündenlose Huchting.

KRIMINALBEAMTER *(Off)*: Trichine? Das ist gut.

PSYCHOLOGIN *(Off)*: Sündenloses Huchting find ich fast noch besser!

Bild (Paradies): Eine der Frauen wühlt in einer Hemdtasche und zieht etwas hervor, was sie den anderen Frauen zeigt, die sich erstaunt um ihre geöffnete Hand versammeln. Nach und nach werden immer mehr Bewohner alarmiert und treten hinzu.

ECKHART: Oh, ist Vergessen Gnade oder Fluch? Ich weiß nicht, ich erinnere mich nicht mehr, doch bald, sehr bald ward das erste Blut vergossen.

Bild: Eckhart im Paradies, sieht den Auflauf, schlendert hinzu und beugt sich auch, wie die anderen, über das, was da angestarrt wird.

ECKHART *(Off)*: Sie waren zuerst nur verwundert, dann erschraken sie aber und begannen, auseinanderzugehen und sich zu entzweien.

Bild: Paradies-Karin tanzt wieder nackt durch die Beete. Plötzlich hält sie inne, Paradies-Otto kommt hinzu, sagt etwas zu ihr, tritt hinter sie und bedeckt ihre Brüste mit den Händen. Paradies-Karin entwindet sich ihm.

ECKHART *(Off)*: Es entstanden Verbindungen, doch waren es bereits Verbindungen gegeneinander. Es kam zu Vorwürfen und Beschuldigungen.

— Wehe Füße —

Bild: Zwei Paradiesbewohner, nackt in der Sauna, prügeln mit belaubten Birkenzweigen aufeinander ein, erst im Spaß, dann mit immer grimmigeren Gesichtern.

ECKHART *(Off)*: Sie erkannten die Scham und erhoben die Scham zur Tugend. Es entstand der Begriff der Ehre, und jede Gruppe sammelte sich unter einer besonderen Fahne.

Bild: Eine Gruppe von Paradiesbewohnern, barfuß, mit Körben voller Steckrüben, steht staunend vor dem Roland-Center und läuft dann darum herum, als suche sie den richtigen Eingang.

Bild: Lauter nackte Paradiesmänner springen zwischen den Beeten umher und versuchen, angezogene Paradiesfrauen zu haschen, nackte Füße treten Wellensittichen auf die Flügel, Hände schieben zwei Schildkröten in die Paarungsstellung übereinander und stoßen sie gegeneinander.

ECKHART *(Off)*: Sie fingen an, die Tiere zu quälen, und die Tiere entfernten sich von ihnen und verkrochen sich in den Wäldern und wurden ihnen feind. Es begann die Entzweiung, die Absonderung, alles drehte sich plötzlich um die Persönlichkeit, um Mein und Dein.

Bild: Wieder die beiden Paradiesbewohner in der Sauna, sich unter ihren Schlägen im Schmerz windend.

ECKHART *(im Off dazu, hysterisch werdend)*: Sie lernten das Leid kennen und gewannen es lieb, sie lechzten nach Qual und sagten, die Wahrheit ...

PSYCHOLOGIN *(Off)*: Okay, okay. Und warum nun?

ECKHART *(im Off, laut, unbeirrbar, noch lauter)*: ... sie lechzten nach Qual und sagten, die Wahrheit lasse sich nur durch Martyrium erkaufen.

PSYCHOLOGIN *(Off)*: Ja, aber warum?

Bild: Die beiden Leute in der Sauna, immer noch aufeinander einschlagend, jetzt aus vielen Wunden blutend.

KRIMINALBEAMTER *(Off)*: Was ist eigentlich aus meinem Vorschlag mit der Teestube geworden? Das fängt doch sicher bald an zu regnen, das sieht man doch.

PSYCHOLOGIN *(Off)*: Ich bin dafür! Zeig uns mal den Weg, Eckhart, du kennst dich hier doch aus.

Bild: Der eine der beiden Saunaleute nimmt den anderen in den Schwitzkasten. Das geht sehr lange so.

ECKHART *(Off)*: Wir zeigen nicht, wir wollen nicht, wir wissen nicht.

PSYCHOLOGIN *(Off)*: Jetzt nerv nicht, wir gehen da jetzt hin. Du wirst doch noch wissen, wo das war. Roland-Center.

KRIMINALBEAMTER *(Off)*: Wo waren wir denn stehengeblieben … – irgendwas mit Blut, glaube ich.

PSYCHOLOGIN *(Off)*: Und Sünde.

ECKHART *(Off)*: Ja, ja, es endete damit, daß ich sie alle verdarb.

KRIMINALBEAMTER *(Off)*: Richtig, Verderben war's

ECKHART *(Off)*: Ich weiß nicht mehr, wie es geschah.

PSYCHOLOGIN *(Off)*: Also bitte, Eckhart …!

ECKHART *(Off)*: Was bitte?

PSYCHOLOGIN *(Off)*: Sag nicht sowas!

ECKHART *(Off)*: Wie jetzt?

PSYCHOLOGIN *(Off)*: Eckhart, bitte …

SAUNAMANN 1: Ich kann nicht mehr!

SAUNAMANN 2: Na und?!

KRIMINALBEAMTER *(Off)*: Ja, Eckhart, bitte, erzähl doch nochmal alles von vorne.

ECKHART *(fröhlich im Off)*: Na gut …

Bild: Die beiden Saunaleute fallen um. Abblende. Schwarz. Dann weiße Schrift auf schwarzem Grund:

XVI – Die Einmannportion Verderben

Bild: Paradies. Wiederholung der Szene von oben: Die Frauen bei der großen Wäsche. Eine der Frauen wühlt in einer Hemdtasche und zieht etwas hervor, was sie den anderen Frauen zeigt, die sich erstaunt um ihre geöffnete Hand versammeln. Nach und nach werden immer mehr Bewohner alarmiert und treten hinzu. Auch Eckhart sieht den Auflauf, schlendert hinzu und beugt sich auch, wie die anderen, über das, was da angestarrt wird. Schnitt: Dieselbe Szene, diesmal aber von oben. Die Kamera fährt heran und zu erkennen ist: die kleine Dose Nutella, die Eckhart aus dem diesseitigen Huchting in das Paradies brachte.

Bild: Rückblende in der Rückblende, Eckhart, wie er das Nutelladöschen im Frühstückscafé in seine Hemdtasche steckte.

Bild: Eckhart, umringt von den Paradiesbewohnern, deren eine, nämlich Paradies-Karin, fragend das kaum zu erkennende Nutelladöschen in die Luft reckt.

KRIMINALBEAMTER *(im Off dazu, ungläubig)*: Moment: Nutella?! Du willst uns sagen, daß dein Garten Eden, diese Anhäufung von singenden Arg- und Sorglosen, diese Kommune von Siriusanbetern, die ihr euch dort aufgebaut …

ECKHART *(Off)*: Nicht aufgebaut, sie war immer schon da. Und sie war auch nicht meine.

KRIMINALBEAMTER *(Off)*: Egal, du willst also sagen, daß das alles wegen einer Dose Nutella zugrunde gegangen ist?

ECKHART *(Off)*: Die ich unwillentlich mitgebracht hatte, das ist ja das Erschütternde, wäre ich nicht gewesen, so wäre es niemals zu dieser furchtbaren Entwicklung gekommen. Sie waren rein und unschuldig, wie die Kinder, und so lebten sie auch, frei von …

PSYCHOLOGIN *(Off)*: Ja, ja, schon gut. War das jetzt direkt Nutella oder eine andere Nuß-Nougat-Creme? Das könnte sicher noch wichtig werden …

KRIMINALBEAMTER *(Off)*: Bestimmt. Fürs bessere Verstehen: Nutella, nicht Käpt'n Nuß, nicht Nußpli, ja?

ECKHART *(Off)*: Es war unbedingt Nutella. Aber das wurde erst später wirklich wichtig, als es dann um alles ging.

KRIMINALBEAMTER *(Off)*: Um alles?

ECKHART *(Off)*: O ja …! Um was sonst?

Bild: Weiße Schrift auf schwarzem Grund:

XVII – Gut, daß Sie da sind!

Bild: Die Menge der staunenden Paradiesbewohner. Der Paradies-Vater schreitet heran, teilt die respektvoll weichende Menge und begutachtet die Dose Nutella, die Paradies-Karin ihm klaglos übergibt. Er wendet sich fragend an Eckhart. Eckhart will behilflich sein, wissend und erklärend. Mit bester Absicht öffnet er die kleine Dose, indem er die Aluminiumfolie zurückzieht, zeigt den Inhalt herum, stippt dann den kleinen Finger ganz zart hinein und führt ihn in den Mund. Das Ganze hat ein bißchen den Charme eines Afrikaforschers, der Wilden die Funktion eines Fernrohrs erklärt. Dann reicht er das Döschen herum und läßt alle anderen dasselbe tun. Die Gesichter verklären sich. Nur der Paradies-Vater als Ältester weigert sich, davon zu probieren. Er nimmt die Dose an sich und hält eine kurze Ansprache. Die anderen schauen betreten und beschämt. Hinzu kommt Paradies-Otto, der eine Steckrübe in der Hand hält und davon ißt. Voller Unschuld nimmt er dem Paradies-Vater die Nutella aus der Hand und schaut hinein. Der Paradies-Vater nimmt das Nutella zornig wieder an sich. Paradies-Otto sieht das gar nicht ein und holt sich das Nutelladöschen zurück. Der Paradies-Vater wird wütend und entreißt Paradies-Otto ruppig das Nutella.

ECKHART *(im Off dazu)*: Oh, wäre meine Intuition oder wenigstens mein Verstand den Ereignissen nur vorausgeeilt, daß ich dieses Döschen den Weckern gleich auf den Grund des Sodenmattsees befördert hätte! Aber ich war schon zu sehr wie sie, ich dachte mir nichts dabei. Zunächst ging es ja auch nur um unscheinbare siebeneinhalb Gramm Nutella. Und doch hätte ich ihnen niemals davon zu kosten geben dürfen! Es war harmlos und unschuldig, oder wirkte jeden-

— Schwarzfahrer voraus —

falls so, aber es war der Anfang vom Ende. Sie, die doch nur die Liebe kannten und das Glück in seiner reinsten Form, verfielen einer Creme, die sich als Gift für die Seele entpuppte, und ihnen war sie süß und berauschend. Was Mein ist und was Dein ist, das wußten sie bis zu diesem Moment nicht, aber als sie wußten, was Nutella ist, wußten sie zugleich auch alles andere, oder lernten es jedenfalls schnell, sehr schnell, zu schnell, allzuschnell.

KRIMINALBEAMTER *(Off)*: Respekt! Alle Wetter! Dafür, daß sie noch vor wenigen Minuten ›schnell‹ gar nicht im aktiven Wortschatz hatten …

Bild: Die drei sind vor dem Roland-Center angekommen. Im Hintergrund macht eine Straßenbahn eine Vollbremsung, die Psychologin und der Kriminalbeamte zucken zusammen, nicht aber Eckhart, der ungerührt weiter monologisiert ...

ECKHART: Und ich wehrte es ihnen nicht. Wie sehr ich es ihnen auch versuchte auszureden, den schnellen, leichten Weg zur Ekstase zu wählen, es nützte nichts ...

Bild: Während Eckhart sich immer mehr in Rage redet und dabei die Arme ausbreitet und zum Himmel fleht, springt der Fahrer, Eckharts

Vater, aus der Straßenbahn und schreit auf einen Mann ein, der der Anlaß für die Vollbremsung gewesen zu sein scheint. Der Kriminalbeamte und die Psychologin beachten Eckhart nicht mehr, sondern wenden sich dem anderen Geschehen zu. Während sich die folgenden Dialoge entfalten, redet Eckhart im Hintergrund immer weiter, auch dann, wenn er im Bild nicht zu sehen ist.

ECKHART: ... das Ding war in der Welt, und wenn das Ding einmal in der Welt ist, dann ist es nie wiedergutzumachen, und es war meine Schuld, und je mehr ich versuchte, alles wieder rückgängig zu machen, sie zu überzeugen, daß sie in ihrem vorherigen Leben glücklicher gewesen waren, je mehr ich versuchte ihnen klarzumachen, was für eine perfekte Welt sie im Begriff waren zu verlieren – o süße Steckrübe, o bitteres Nutella! –, was sie aufgaben, um wiederum ein Leben der Sünde ... *(usw.)*

Bild: Der Vater haut dem Mann, den er zuvor schon angeschrien hatte, eine runter.

VATER *(schreit)*: Ich kenne Sie, Sportsfreund, ich kenne Sie. *(Haut dem völlig überrumpelten Mann noch eine runter.)* Sie sind ein notorischer Schwarzfahrer.

MANN *(konsterniert)*: Sie haben mich geschlagen.

VATER: Schwarzfahrer! Fahrschein zeigen.

MANN: Aber ich bin doch gar nicht in der Straßenbahn. Ich wollte auch gar nicht in die Straßenbahn.

VATER: Auch noch frech werden. Daß Sie noch leben, reicht Ihnen wohl nicht, alter Knabe. *(Schlägt ihn noch mal.)* Das war, weil wir so gute Freunde sind. Und das Beste kommt noch.

KRIMINALBEAMTER *(hinzugetreten)*: Nun mal immer schön ruhig.

Bild: Der Vater will weiter auf den Mann eindreschen. Der Kriminalbeamte geht dazwischen.

KRIMINALBEAMTER: Immer mit der Ruhe, Leute.

VATER: Bürschchen, wenn du dich einmischen willst, dann wird das dein Philippi.

KRIMINALBEAMTER: Heute ganz klassisch unterwegs, ja?

Bild: Der Vater will den Kriminalbeamten schlagen. Der Kriminalbeamte wirft den Vater mit einem gekonnten Jiu-Jitsu-Griff zu Boden und nimmt ihn in einen schmerzhaften Haltegriff. Umstehende Passanten applaudieren. Das alles geht sekundenschnell. Fernes Donnergrollen.

KRIMINALBEAMTER: Falsche Baustelle, Sportsfreund – Kriminalpolizei!

VATER *(auf dem Boden liegend, hervorpressend)*: Gut, daß Sie da sind. Verhaften Sie den Verrückten da.

ECKHART *(tritt hinzu, sanft, freudig)*: Vati ...!

VATER *(schaut leichenblaß, als habe er einen Geist erblickt)*: Oh Gott, das ist nicht mein Tag.

KRIMINALBEAMTER: Meiner auch nicht. So, dann wollen wir mal aufstehen, guter Mann! Und keine Dummheiten mehr.

Bild: Der Kriminalbeamte läßt den Vater frei und sie stehen beide auf. Eckhart hat die Arme ausgebreitet und will auf seinen Vater los.

VATER *(weicht zurück, will sich hinter dem Kriminalbeamten verstecken)*: Halten Sie mir das da vom Leib, sperren Sie mich ein, oder besser noch *(zeigt auf Eckhart)*: ihn!

ECKHART: Vati, ich bin's!

KRIMINALBEAMTER: Hm, das sind unerwartete Entwicklungen. Herr Neumann, nehme ich an?

VATER: Überwachungsstaat, verdammter.

ECKHART *(unter Tränen, flehend)*: Vati!

Bild: In der Ferne Blitz und Donner.

VATER *(bleich wie die Wand)*: Nein.

ECKHART: Doch. Vati.

Bild: Blitz und Donner, es setzt ein starker Regen ein und ergießt sich über Eckharts Gesicht. Dramatische Musik à la ›Vom Winde verweht‹.

Bild: Gesicht des Vaters, ebenfalls vom Regen überströmt.

VATER: Nicht das ...!

Bild: Gesicht Eckharts, regenüberströmt.

ECKHART: Vati. Wo willst du hin?

Bild: Die Kamera fährt von Eckharts Gesicht zurück in die Totale (nach hinten/oben, Kran) und das aufgehende Bild zeigt, daß alle Umstehenden weggelaufen sind, nur Eckhart steht noch da und, etwas ratlos und irgendwo hinguckend, die Psychologin und der Kriminalbeamte. Dann weiße Schrift auf schwarzem Grund:

XVIII – Keine Gewalt!

Bild: Eckhart, Psychologin und Kriminalbeamter im Roland-Center. Es ist der erste Sonntag im Monat und deshalb Antik-Markt im Roland-Center. In den Gängen sind beidseitig Stände aufgebaut (Puppen, alte Postkarten, Silberbesteck, verwarzte Bibeln usw.), es herrscht mächtiges Gedränge. Viele Besucher sind naß vom Regen, am nassesten aber unsere drei Helden, die sich durch die Massen drängeln. Dabei schubst der Kriminalbeamte – um ihn nicht zu verlieren – Eckhart vor sich her und hält die Psychologin sich an der Jacke des Kriminalbeamten fest.

ECKHART: Ich seh sie, ich seh sie, dahinten ist sie.

KRIMINALBEAMTER: Na super ...

ECKHART: Die Teestube!

KRIMINALBEAMTER: Ja, super, ganz toll.

ECKHART: Die Teestube! Da vorne, da vorne.

PSYCHOLOGIN *(genervt)*: Ist ja gut, ist ja gut. Beruhig dich.

Bild: Die drei in der Teestube.

ECKHART *(sich stolz in der Teestube umblickend)*: Das ist sie, das ist sie, die Teestube.

KRIMINALBEAMTER: Das also ist die Teestube, ja?

PSYCHOLOGIN: Hm ...

ECKHART *(breitet die Arme aus, selig)*: Die Teestube ... hundertprozentig!

PSYCHOLOGIN: Und wo ist denn jetzt deine berühmte Karin?

KRIMINALBEAMTER: Ich muß mich erstmal von der Begegnung eben erholen.

ECKHART: Es ist alles anders, und es ist alles gut. Karin? Wer weiß. Aber das eben, das war mein Vater, jener Mann, der mir das Leben schenkte.

Bild: Kriminalbeamter setzt sich mit steifen Knochen auf eins der vielen Sitzkissen, die hier überall auf dem Boden um Bambustischchen herumdrapiert sind.

KRIMINALBEAMTER *(an Eckhart und die Psychologin sich wendend)*: Ewiger Preis ihm! Aber wenn wir schon mal in der Teestube sind, dann sollten wir auch Tee trinken. Und uns sitztechnisch zum Horst machen. Setzt euch doch.

PSYCHOLOGIN *(zweifelnd)*: Ob das sein muß?

KRIMINALBEAMTER: Es muß sein.

ECKHART *(läßt sich gekonnt in die Kissen fallen)*: Wie anders alles ist! Aber alles ist gut so. Früher lachte man hier über mich, und auch heute …

PSYCHOLOGIN *(ihn unterbrechend)*: Sag mal, Eckhart …

ECKHART: … wird man über mich lachen, aber ich weiß heute, daß …

PSYCHOLOGIN *(läßt sich widerstrebend nieder)*: … wir waren doch bei der Nutella-Sache stehengeblieben.

ECKHART *(hebt ein geschliffenes Stück Kandis hoch und zeigt es den beiden)*: Du sagst es! Aber sagst du alles? Ging es denn wirklich um Nutella allein? Oder war es Nutella als Spezialfall von Zucker? Oder war es nur die Idee des Süßen? Des dolce far niente? Oder einfach nur der Einbruch des Fremden in diese geliebte Welt der Unschuld?

PSYCHOLOGIN *(trocken)*: Hör auf zu schwafeln, Eckhart.

ECKHART: Soviel Zeit muß sein. Wenn wir sie auch nicht kannten, die Zeit. Es war ja ein schleichender Prozeß, der braucht auch Zeit. Die wir nicht kannten.

KRIMINALBEAMTER: Ein schleichender Prozeß, jaja.

Bild: Paradies, Paradies-Otto schleicht sich nachts in eine Hütte, darin viele schlafende Menschen, auch Eckhart, Paradies-Karin und der Paradies-Vater. Paradies-Otto durchsucht den Kleiderhaufen neben Paradies-Vaters Bett. Erfolglos. Schnitt. Ein Auge des schlafenden Paradies-Vaters öffnet sich kurz und schließt sich dann wieder. Paradies-Otto faßt vorsichtig unter das Kissen des Paradies-Vaters und zieht das Nutelladöschen hervor. Paradies-Otto macht es gierig auf und es ist nichts mehr darin. Der Paradies-Vater springt auf und hält Paradies-Otto eine große Rede. Alle anderen Schlafenden wachen auf. Paradies-Otto wehrt sich mit wütenden Gegenreden. Paradies-Karin reißt das leere Döschen an sich und zertritt es. Alle beteiligen sich an dem Streit. Nur Eckhart steht mittendrin, jesusgleich mit ausgebreiteten Armen, will schlichten und beginnt zu singen. Schnitt: alle singen gemeinsam, es kommt zu einer tränenreichen Verbrüderung. Paradies-Otto und der Paradies-Vater fallen sich in die Arme, Eckhart wirft sich dazu.

ECKHART *(dazu im Off)*: Ein schleichender Prozeß, ja, ja, der eigentlich schon zu diesem Zeitpunkt entschieden war, auch wenn es zunächst nicht so aussah. Es glaubten ja alle, auch ich, weil ich es glauben wollte, daß es ein Zurück gäbe. Es sah zunächst sogar tatsächlich so aus. Einer von uns war zu spät gekommen, na schön, und hätten wir seine Neugier befriedigen können und hätte er gemerkt – und sicher hätte er das –, daß da nichts war, was es lohnen würde, alles zu zerstören, so war doch die unselige Regung, die Neugier, immer noch in der Welt, zäh und unausrottbar. Damit war alles bereits verdorben. O wie sehr hatte ich gehofft, es möge noch hingehen, aber der Zucker, der Zucker …

KRIMINALBEAMTER *(Off)*: Wieso denn jetzt plötzlich Zucker, was hat das denn alles auf einmal mit Zucker zu tun?

ECKHART *(Off)*: Das sollte sich später herausstellen. Und Nüsse.

PSYCHOLOGIN *(Off)*: Nutella halt, oder?

ECKHART *(Off)*: Richtig, aber es war ein Nutellaprozeß unter Schmerzen, und so sehr es zunächst auch erschien, als könnten sie der Versuchung widerstehen, so sehr war der Schein doch trügerisch.

Bild: Teestube. Der Kriminalbeamte gießt allen Tee aus einer Kanne ein und summt dabei ›O wie so trügerisch‹. Dann hebt er gut gelaunt und entspannt ein Riesenstück Kandis hoch,

KRIMINALBEAMTER: Möchte jemand? Nein? *(Er läßt den Kandisklumpen aus größerer Höhe in sein Terrakotta-Teeschälchen fallen, daß es spritzt.)* Das Problem war also, wenn ich das mal – und, glaubt es mir, auch für mich ist das eine Art *(räuspert sich)* Prozeß unter Schmerzen – zusammenfassen darf, daß ihr alle ans Nutella wolltet.

ECKHART *(genüßlich, laut und mit demonstrativem Behagen Tee schlürfend)*: Es begann, wie ich schon sagte, die Trennung zwischen Dein und Mein.

Bild: Paradies. Am nächsten Tag. Eckhart schlendert durch die Haine des Paradieses, schmatzend an einer Steckrübe lutschend. Er bleibt vor Paradies-Otto stehen, der in einem Topf auf einer Feuerstelle rührt.

ECKHART *(gezwungen fröhlich, schon leicht gehemmt)*: Das wird bestimmt was sehr, sehr Leckeres! Essen für alle?

Paradies-Otto bleibt stumm und rührt mit gesenktem Blick weiter.

ECKHART: Sag doch. Und was ist dies?

Bild: Eckhart bückt sich und hebt einen abgeweideten Haselnußzweig auf.

ECKHART: Was ist das für eine Pflanze?

PARADIES-OTTO *(mürrisch, rührend, nicht aufblickend)*: Haselnüsse. *(Aggressiv:)* Und was sonst noch da hineinmuß. Das mußt du doch wissen. Gerade du, Sportsfreund!

ECKHART *(unschuldig)*: Ich? Was ich weiß, nein, besser, was ich wußte, ist doch das, was mich von euch trennte. Das ist doch alles vorbei.

Sind wir denn nicht glücklich hier? Die Steckrübe gibt uns doch alles, was wir brauchen. Hier *(hält Paradies-Otto die Steckrübe hin)*, magst du probieren?

PARADIES-OTTO *(an Eckhart herangehend, drohend)*: Die ist auch schon drin. Aber es klappt nicht. Es ist nicht das, was ich will.

ECKHART: Was willst du denn?

PARADIES-OTTO: Du fragst, was? Ausgerechnet du?

ECKHART: Kakao etwa noch? Und Lecithin? Zucker vor allem, ist es das, was du willst? Aber wir haben es doch nie gehabt, und weil wir es nicht hatten, waren wir glücklich.

PARADIES-OTTO: Zucker? Lecithin? Besorg mir das Zeug.

ECKHART: Nein, nein, nein ...

Bild: Eckhart, Kriminalbeamter und Psychologin in der Teestube. Im Hintergrund setzen sich Herbert, Heinz und Heinrich in die Kissen, ohne Eckhart und seine Freunde zu beachten.

ECKHART *(wie im Delirium)*: Nein, nein, nein, nein, nein ...

PSYCHOLOGIN: Beruhig dich, beruhig dich ...

ECKHART *(sich auf dem Kissen hin- und herwerfend)*: Nein nein, oh, wie soll ich mich denn beruhigen, wenn ich nun im Geiste noch einmal durchlebe, was ich da angerichtet habe, und es wurde immer schlimmer, immer schlimmer wurde es.

Bild: Eckhart im Paradies, immer noch an der Steckrübe lutschend, trifft beim Umherschlendern auf den Paradies-Vater. Der Paradies-Vater sitzt auf einem Baumstumpf und schnitzt an einer Steckrübe herum.

ECKHART *(das rohe Werk betrachtend, während der Paradies-Vater daran weiterarbeitet)*: O was tust du?

PARADIES-VATER: Etwas für uns alle, Sportsfreund.

ECKHART: Das ist schön.

PARADIES-VATER: Das ist noch gar nichts!

ECKHART: Soll das etwas werden, Sportsfreund?

Paradies-Vater: Es wird ein Tier, sein Abbild.

Eckhart: Die Ente? Der Sittich? Die Kröte? Der Frosch? Sprich: welches Tier?

— Ein Tier, sein Abbild. Ein Steckrübenartefakt —

Paradies-Vater: Das ist die Frage, Sportsfreund. Welches dieser Tiere wird das gefragteste sein?

Eckhart: Ich nähme ein jedes gern.

Paradies-Vater: Nicht du, Sportsfreund. Die anderen Menschen, die da draußen …

Bild: Eckhart, Gesicht, Großaufnahme, mit erschrockenen, weit aufgerissenen Augen. Kurzer Fetzen Horrormusik.

Eckhart: Du meinst – da draußen? In … in … Huchting?

Paradies-Vater: Und Grolland. Und Delmenhorst. Auf dem Wochenmarkt vielleicht.

ECKHART: Du meinst: ... für Geld?

PARADIES-VATER: Geld ...! Das wäre eine Möglichkeit ...

ECKHART: Aber warum?

PARADIES-VATER: Du fragst, warum? Du mußt doch wissen, was uns hier alles gefehlt hat.

ECKHART: Nichts hat uns gefehlt. Nichts, nichts, nichts ...

Bild: Teestube. Kriminalbeamter, Psychologin, Eckhart. Diesmal sieht man (nur im Hintergrund und beiläufig), wie sich Otto, Fred und Michael an einem anderen Nebentisch niederlassen. Michael hat zwei kleine Töchter dabei (die Mädchen aus dem Sandkasten, die anfangen herumzutollen und sich auszubreiten). Herbert zündet den Joint an.

ECKHART *(sich wieder hin- und herwerfend)*: Nichts, nichts, nichts ...

KRIMINALBEAMTER: Geld, soso.

ECKHART *(plötzlich wieder voll da)*: Habgier! Besitz! Neid!

KRIMINALBEAMTER: Nein, nein, einfach nur Geld, würde ich mal sagen.

PSYCHOLOGIN: Ich würde sagen, du bist jetzt mal ruhig.

ECKHART: Und Gewalt.

KRIMINALBEAMTER: Ah, Gewalt, hm ...!

ECKHART: Schlimme Gewalt.

KRIMINALBEAMTER: Schlimme Gewalt, hm?

Bild: Paradies, Eckhart wandelt am Ufer des Sees. Dort sitzt Paradies-Karin mit Paradies-Herbert, Paradies-Heinz und Paradies-Heinrich. Die drei singen zusammen ein Lied. Eckhart tritt hinzu. Freut sich.

ECKHART *(beglückt, gegen ihren Gesang anschreiend)*: Ihr lieben Freunde, ihr wenigstens singt munter und unschuldig.

Die drei hören sofort auf zu singen.

PARADIES-HEINZ *(ernst, grimmig)*: Ein Lied schweißt zusammen, Sportsfreund. Wir müssen unseren Zusammenhalt stärken, immer.

PARADIES-HERBERT: Reih dich ein, Sportsfreund. Es geht um alles.

ECKHART: Ja, ist das nicht schön!

PARADIES-KARIN: Es gibt soviel Böses zu bekämpfen.

ECKHART: Böses? Wo denn? Was redet ihr? Seid ihr von Sinnen?

PARADIES-HEINRICH: Wir sind die einzigen, die ihre Sinne beisammenhalten. Hast du gesehen, was die anderen tun?

ECKHART: Die anderen? Gibt es die und uns, jene und solche? Ist das der Zweck dieser Welt?

PARADIES-KARIN: Das ganze Leben ist ein Kampf. Wir müssen die anderen stoppen. Sie sind im Begriff, alles, wofür wir gelebt haben, zu zerstören.

Bild: Karin entrollt eine Fahne, rot, darauf eine Steckrübe und eine Schildkröte.

PARADIES-HEINZ: Das sollen unsere Symbole sein: Die Steckrübe für die Kreatur, die Schildkröte für die Arbeit.

ECKHART: Auch ihr macht euch Bilder von dem, was wir lieben? Und warum ist der Sittich nicht dabei? Kämpfen wollt ihr? Gegen wen? Gegen eure Brüder und Schwestern? Gewalt ist doch keine Lösung!

PARADIES-KARIN: Hm, Gewalt ... das wäre eine Möglichkeit.

ECKHART: Nein, nein, nein!

PARADIES-KARIN: Du sagst nein? Ausgerechnet du, der du doch weißt, was auf dem Spiel steht!

ECKHART: Nein, nein, nein ...

Bild: Teestube. An einem Nebentisch sieht man Eckharts Mutter und ihren Freund sich umständlich in die Kissen setzen.

ECKHART: Nein, nein, nein ...!

Bild: Die beiden Töchter von Michael kommen zu Eckhart und tanzen um ihn herum.

MÄDCHEN *(nachäffend, tanzend)*: Nein, nein, nein ...

KRIMINALBEAMTER *(in den Raum hinein)*: Kann sich mal jemand um die Kinder kümmern?

ECKHART: Es sind doch nur unschuldige Kinder, nicht wahr? Könnten sie doch nur ihre Unschuld für immer bewahren.

KRIMINALBEAMTER: Aber auch sie kennen schon Nutella, Eckhart. Die sind auch schon verdorben.

ECKHART *(übertrieben verzweifelnd)*: Nein, nein, nein ...

MUTTER *(vom Nebentisch)*: Was ist das denn für einer? Hat der sie nicht mehr alle ...?

ECKHART: Mutti!

MUTTER: Mein Junge, schau doch *(stößt ihren Freund in die Rippen, daß er Tee verschüttet)*, schau doch, es ist Eckhart!

ECKHART: Das ist meine Mutter, das ist meine Mutter *(stößt die Psychologin an, die auch Tee verschüttet)*, auch sie schenkte mir das Leben!

KRIMINALKOMMISSAR *(süffisant)*: Wollen Sie sich nicht zu uns in die Kissen legen, gute Frau?

Bild: Mutter will aufspringen. Freund hält sie so heftig zurück, daß sie umfällt.

FREUND: Gisela, bleib hier. Das bringt doch jetzt nichts.

MUTTER *(sich ordnend und aufsetzend)*: Aber mein Junge bleibt er doch! Ob ich da jetzt sitze oder nicht!

FREUND: Eben!

ECKHART: Meine Mutter, sicher will auch sie wissen, wie es weiterging. Nicht wahr, Mutti?

MUTTER: Was will ich?

FREUND *(gleichzeitig)*: Was will er?

Bild: Paradies. Die Paradies-Mutter, ihr Paradies-Freund und einige andere Bewohner setzen sich unter der Führung des Paradies-Vaters in Bewegung, um das Paradies zu verlassen. Zwei von ihnen tragen einen großen Korb mit kunsthandwerklichen Steckrübenartefakten.

PARADIES-MUTTER: Er will uns aufhalten! Ist das der Geist, der uns beseelt?

Bild: Eckhart steht vor der Gruppe mit ausgebreiteten Armen und will sie aufhalten.

ECKHART *(hebt eine Steckrübe)*: Geht nicht da raus. Ich liebe euch.

Bild: Paradies-Vater, vor der Gruppe stehend.

PARADIES-VATER: Wir lieben dich auch, Sportsfreund. Mehr als du denkst. Du hast uns die Augen geöffnet.

ECKHART *(trotzig)*: Nein, ihr habt *mir* die Augen geöffnet.

PARADIES-VATER *(streng)*: Nein, *du* hast uns die Augen geöffnet.

ECKHART: Nein, *ihr* mir.

Bild: Paradies-Vater, nachdenkend.

PARADIES-VATER: Dann haben wir es eben beide getan.

ECKHART: Was? Ach so. Aber ich liebe euch doch.

PARADIES-VATER: Natürlich liebst du uns. Und natürlich lieben wir dich. Aber Lieben heißt alles dulden. Paulus. Der war auch nicht schlecht.

ECKHART: Warum? Warum? Warum?

Bild: Eckhart in der Teestube, Überblendung.

ECKHART *(wie im Fieber)*: Warum? Warum?

FREUND *(zur Mutter)*: Warum genau regt er sich so auf?

MUTTER: Wieso fragst du mich?

FREUND: Ist doch dein Sohn!

MUTTER: Ach, er war ja immer schon so. Als kleiner Junge schon. Mein kleiner Junge … *(seufzt)*.

HEINZ *(der jetzt den Joint hat, zum Freund der Mutter)*: Wollt ihr auch mal?

KRIMINALBEAMTER: Ja, Eckhart, warum? Wer sollte es uns sagen, wenn nicht du.

ECKHART: Geld. Sie wollten Geld verdienen.

KRIMINALBEAMTER: Mit Steckrübenartefakten? Mach dich nicht lächerlich. Ich dachte, die Steckrüben, die habt ihr gegessen?

ECKHART: Oh, wir litten gleichsam Überfluß an Steckrüben.

FREUND *(zu Heinz, den Joint in den Fingern haltend und betrachtend)*: Was ist das denn für eine Zigarette?

MUTTER: Steckrüben, hatten wir früher auch, hab ich immer eingekocht, aber das mochten wir nicht so gerne, das mochte ja keiner bei uns.

ECKHART *(unbeirrt)*: Ja, wir aßen sie. Und wir machten schöne Dinge daraus. Aber sie, sie wollten sie zu Geld machen, zu Schmutz, zum Schlimmsten, zu Nutella. Und sie waren nicht aufzuhalten. Jedenfalls nicht von mir.

Bild: Paradies. Paradies-Vater will an Eckhart vorbei. Eckhart will ihn aufhalten.

PARADIES-VATER: Du willst, Eckhart, du willst etwas. Und wir wollten doch nicht wollen. Und wir wollen nicht. Wir lieben dich, Eckhart.

Bild: Paradies-Vater geht mit seiner Truppe an Eckhart vorbei. Der Paradies-Freund der Paradies-Mutter schubst Eckhart so beiseite, daß ihm die Paradies-Steckrübe aus der Hand fällt, an der er lutscht. Eckhart hebt sie auf, putzt sie ab und spricht sie an.

ECKHART *(zur Steckrübe)*: Das hat er gewiß nicht böse gemeint. *(Er beißt in die Steckrübe hinein und kaut begeistert.)*

Bild: Teestube, heute.

PSYCHOLOGIN: Das verstehe ich nicht. Was wollten die denn? Ich meine, wo wollten die denn hin.

KRIMINALBEAMTER *(hat sich nach hinten gelegt und spricht zur Decke)*: Na, Steckrübenkram verkaufen und vom Erlös Nutella kaufen, was sonst?

ECKHART: So war es. Sie waren andere geworden. Ich erkannte sie kaum wieder.

Bild: Der Paradies-Vater und sein Trupp kommen wieder ins Paradies, von oben bis unten mit Staub überzogen, mit demselben Korb mit Steckrübenartefakten dabei, noch komplett gefüllt. Alle singen.

PARADIES-VATERS CHOR: Geschlagen ziehen wir nach Haus, morgen geht es besser aus.

Bild: Eckhart sitzt zwischen den Beeten, mit einer Schildkröte und einem Wellensittich spielend, um ihn herum hüpfen Frösche. Er versucht, Paradies-Vater und Kumpane zu ignorieren. Von der Seite kommen Paradies-Karin und ihre Genossen anmarschiert, mit wehender Steckrüben- und Schildkrötenfahne, im Gänsemarsch, vorsichtig zwischen den Beeten sich schlängelnd. Auch sie singen ein Lied.

PARADIES-KARINS CHOR: Wer das Leben beleidigt, ist dumm oder schlecht.

Bild: Die beiden Trupps bleiben voreinander stehen und singen sich an. Fäuste werden geschwungen.

ECKHART *(im Off)*: Wo waren diese herrlichen Menschen, die ich kennen und lieben gelernt hatte? Wo ihre friedfertigen Mienen, ihr glückliches Dasein?

HERBERT *(im Off, in der Teestube)*: Eckhart, bist du das? Eckhart Neumann? Ey, Leute, das ist Eckhart Neumann, jetzt weiß ich, woher ich den kenne.

Bild: Paradies-Otto, verbissen im Kessel rührend, dessen Inhalt sich immer mehr zu einer braunen Masse verdickt, angefeuert von Paradies-Fred und Paradies-Michael, die schließlich den Kessel ergreifen und zu den anderen schleppen, die sich immer noch, einander gegenüberstehend, ansingen.

PARADIES-OTTO: Was soll der Scheiß, Sportsfreunde, ich hab die Lösung.

Bild: Kriminalbeamter, Teestube, auf dem Rücken liegend.

KRIMINALBEAMTER: Was hat das eigentlich mit diesem dauernden Sportsfreunde auf sich?

ECKHART *(etwas ärgerlich über die Ablenkung)*: Na was schon, ›disportare‹, ›sich zerstreuen‹ und so, da kommt Sport doch her, also klar Sportsfreunde, das waren wir, das sind wir, ja.

MUTTER *(ruft herüber)*: Dieses Kluge, das hat er von seinem Vater!

KRIMINALBEAMTER: Aha! Klar. Logisch.

Bild: Paradies, wie oben

PARADIES-OTTO *(zu den anderen Paradiesbewohnern)*: Wir wollen doch alle nur das eine: Nutella. Und hier, wir haben es. Selbstgemacht. Keiner muß hier seine Ideale verraten.

Bild: Eckhart springt zwischen den Beeten auf.

ECKHART: Sportsfreunde!

PARADIES-OTTO *(feindselig)*: Was willst du denn?

ECKHART: Wir wollen nicht.

Alle lachen.

PARADIES-OTTO *(laut, großspurig)*: Ihr seid alle eingeladen.

PARADIES-KARIN *(mißtrauisch)*: Wozu?

PARADIES-MICHAEL *(selbstsicher)*: Wir haben es. Fast. Überzeugt euch.

Bild: Paradies-Vater geht vor, stippt einen Finger in den Kessel, probiert.

PARADIES-VATER *(vorurteilsfrei)*: Schmeckt eigentlich nicht schlecht.

Bild: Alle drängen sich um den Kessel und probieren. Eine erregte Diskussion entsteht. Nur Karin und Eckhart halten sich abseits.

PARADIES-KARIN *(wütend, zu Eckhart)*: Das ist alles deine Schuld.

ECKHART *(nickt)*: Ich mach's wieder gut.

Eckhart geht zum Kessel und probiert. Alle schauen ihn erwartungsvoll an.

ECKHART *(legt Paradies-Otto die Hand auf die Schulter)*: Das ist sehr lecker. Das ist viel besser als dies blöde Nutella. Es schmeckt so fein nach Steckrübe.

PARADIES-VATER *(wie aufgewacht)*: Nach Steckrüben schmeckt das? Das ist alles? Nach Steckrüben! Das ist nicht, was wir wollen! Das nicht!

PARADIES-MICHAEL: Naja, wir arbeiten weiter dran, man könnte das vielleicht noch verbessern.

PARADIES-VATER: Einen Scheiß kann man das.

ECKHART: Nicht diese harten Worte, Sportsfreunde.

PARADIES-KARIN *(schrill und hysterisch)*: Steckrübe ist Leben.

PARADIES-KARINS FREUNDE *(im Chor)*: Wer das Leben beleidigt, ist dumm oder schlecht.

PARADIES-OTTO *(nochmal probierend)*: Also, schlecht ist das nicht, das kann niemand sagen.

PARADIES-VATER *(zu seinen Kumpanen)*: Laßt uns gehen, das bringt nichts mit denen.

PARADIES-FRED *(legt Paradies-Otto die Hand auf die Schulter)*: Mach dir nichts draus, Sportsfreund, das kriegen wir auch noch hin.

Bild: Paradies-Vater und seine Kumpane gehen ab und lassen ihre Artefakte stehen. Paradies-Otto und seine Mitstreiter gehen ebenfalls und lassen den Kessel zurück.

PARADIES-KARIN UND IHRE FREUNDE *(im Chor)*: Steckrübe ist Leben. Wer das Leben beleidigt, ist dumm oder schlecht.

Als die anderen gegangen sind, wirft Paradies-Karin den Korb mit den Steckrübenartefakten um, die Artefakte landen im Dreck.

ECKHART *(zu Paradies-Karin)*: Nicht! Keine Gewalt! Keine Gewalt!

Bild: Teestube, Totale. Alle schauen aus ihren Kissen hoch und Eckhart an. Eckhart wirft sich auf den Kissen hin und her.

ECKHART *(delirierend)*: Keine Gewalt! Keine Gewalt!

MUTTER: Das ist mein Junge! Er war in der Zeitung! Und im Fernsehen. Aber da hat man ihn ja kaum erkannt!

FRED: Na sieh mal einer an, der Eckhart.

KLEINES MÄDCHEN *(fragt den Kriminalbeamten)*: Sag mal, was ist denn das für einer?

KRIMINALBEAMTER *(streichelt den Kopf des Mädchens)*: Das ist ein ganz ein Lieber ist das.

MICHAEL *(von hinten)*: Fassen Sie meine Tochter nicht an.

ECKHART: Michi!

MICHAEL: Eckhart, altes Lamm Gottes.

Bis auf die Psychologin lacht die ganze Teestube, so lang und laut, als ob Michael den besten Witz aller Zeiten gemacht hat. Mittendrin Eckhart, selig lächelnd, sich langsam erhebend und die Arme ausbreitend, als wolle er sie alle umarmen.

ECKHART *(deklamiert durch das Gelächter hindurch)*: Ja, so seid ihr, ihr Lieben. Und jetzt ärgere ich mich nicht mehr darüber, jetzt seid ihr mir alle lieb, auch wenn ihr über mich lacht – ja, dann seid ihr mir durch irgend etwas sogar besonders lieb. Ich würde gern mit euch lachen – nicht gerade über mich, sondern aus Liebe zu euch, wenn mich nur euer Anblick nicht so traurig machte.

Alle hören abrupt auf zu lachen.

FREUND *(in die Stille hinein)*: Vom Vater hab ich die Statur, vom Mütterchen die Frohnatur.

Alle lachen wieder los, so als wäre das der beste aller Nachfolgewitze. Erste Lachtränen werden aus den Augen gewischt.

FREUND *(prustend)*: Aber er liebt uns trotzdem!

Das Lachen schwillt noch mehr an.

MUTTER *(Tränen lachend)*: Er war immer schon so ein lustiger Kerl.

OTTO *(aufgekratzt, mit erhobenem Zeigefinger)*: Und wie, und wie!

ECKHART *(gegen das Gelächter)*: Ach, wie schwer ist es doch, ganz allein die Wahrheit zu wissen. Aber das werdet ihr nicht verstehen. Nein, das werdet ihr nicht verstehen. *(Gegen das immer noch anbrandende Gelächter immer lauter werdend)*: Nein, das werdet ihr nicht verstehen. Nein, das werdet ihr nicht verstehen, nein, das werdet ihr nicht …

Die Psychologin springt auf, legt den Arm um Eckharts Schulter und bringt ihn sanft wieder auf die Kissen hinunter. Im Hintergrund wird immer noch, wenn auch leise, gelacht.

ECKHART: Nein, das werdet ihr nicht verstehen, nein, das werdet ihr nicht verstehen … *(Stutzt, hält inne – im Hintergrund ist alles verstummt – und blickt sich verschmitzt um:)* Es sei denn, ich erzähle es euch. Ich habe es ja gesehen …

MICHAEL *(aus dem Hintergrund)*: Was sollen wir denn verstehen, Meister Ekkehart?

FRED: Ja los, Eckhart, klär uns auf.

PSYCHOLOGIN: Laß dich nicht provozieren, Eckhart.

MUTTER *(aus dem Hintergrund)*: Er ist ja so ein Spaßvogel.

ECKHART: Nein, das würdet ihr ja doch nicht verstehen.

PSYCHOLOGIN: Jetzt Ruhe mal, wirklich.

OTTO *(aus dem Hintergrund)*: Alle mal ruhig.

PSYCHOLOGIN: Wo waren wir stehengeblieben, Eckhart? Keine Gewalt, hattest du gesagt.

ECKHART: Wollt ihr denn wirklich wissen, wie es weitergeht?

ALLE *(fröhlich, im Chor)*: Ja klar wollen wir wissen, wie's weitergeht!

Bild: Weiße Schrift auf schwarzem Grund:

XIX – Schuldkröten

— Wir möchten, daß Sie hier sind —

Bild: Paradies, Anschluß an obige Szene. Alle sind auseinandergelaufen. Eckhart steht in einem Trümmerhaufen aus Steckrübenartefakten, Kochkessel und der Fahne von Karin. Er wühlt ein wenig darin herum. Dann: Eckhart hebt den Kessel hoch. Darunter: ein zerquetschter Wellensittich. Trauermusik.

ECKHART *(Off)*: Es war das erste große Aufeinandertreffen der streitenden Parteien gewesen, jener Parteien, die sie glaubten überwunden zu haben und in die sie sich nun doch furchtbarerweise gespalten hatten. Und es sollten noch viele weitere folgen, Aufeinandertreffen, meine ich, und es tut mir weh, o so weh, davon zu erzählen, ihr glaubt es nicht.

ALLE IM CHOR *(Off)*: Doch, doch! Sicher glauben wir das!

ECKHART *(Off)*: Das ist gut. Denn das Ende war nah, aber es dauerte. Ich war allein ...

Bild: Eckhart, Paradies, allein, nachts, im Ruderboot mit den Lampions. Eckhart nimmt den Wellensittich, beschwert ihn mit einem Wecker und versenkt das Ensemble feierlich im Wasser. Weiter Trauermusik.

ECKHART *(Off)*: ... aber ich wollte die Hoffnung nicht lassen, daß alle wieder zur Besinnung kommen würden. Ich übernahm das Weckerversenken, für das sie plötzlich keine Zeit mehr hatten, und ich allein versuchte, dem geschundenen Tier seine Würde wenigstens im Tod wiederzugeben. Sie hingegen ...

Bild: Musik: ›Klingelingeling, hier kommt der Eiermann‹. Der Paradies-Vater und seine Gruppe gehen mit Steckrübenartefakten durch das Roland-Center, auffällig wie weiße Elefanten, und versuchen, sie den Leuten aufzuschwatzen. Security-Leute in Uniform kommen, treiben die Paradies-Bewohner zusammen und werfen sie raus.

ECKHART *(Off)*: ... gefielen sich darin, ein jeglich Maß verloren und alles verraten zu haben, was einst, im Stande der Unschuld, ihnen heilig gewesen war, dem eitlen Schein, dem Trug und dem Geld dieser verdorbenen Welt hinterhereifernd ... *(Macht kleine Kunstpause.)*

HEINZ *(Off)*: Worum geht's da eigentlich?

FREUND *(Off)*: Nutella! *(Im Off an die Mutter:)* Willst du auch mal ziehen? Komisches Zeug.

Herbert *(Off)*: Können wir den mal zurückhaben?

Psychologin *(Off)*: Ruhe!

Eckhart *(Off)*: Andere wiederum …

Bild: Paradies, Großes Haus. Paradies-Vater und seine Anhänger kommen aus dem Großen Haus mit Steckrübenartefakten. Kaum haben sie das Große Haus verlassen, kommen Paradies-Karin und ihre Freunde und besetzen es. Paradies-Heinrich beginnt sofort damit, die Worte: ›Besezt. Wer das Leben beleidigt, ist dumm und schlecht und kommt hier nicht mehr rein‹ über die Tür zu pinseln. Dann tauchen Paradies-Otto, Paradies-Fred und Paradies-Michael auf, einen Kessel mit einer dampfenden Masse tragend. Sie wollen ins Große Haus. Paradies-Karin und ihre Truppe weisen sie ab. Es wogt hin und her mit leichten Handgreiflichkeiten.

Eckhart *(Off)*: … wandten sich gegen ihre eigenen Brüder, weil sie die Wahrheit, wie sie sie verstanden, verteidigen wollten, und sie doch auf diese Weise immer tiefer zerstörten, jenen Teufelskreis von Blut, Gewalt, Zerstörung in Gang setzend, der nie enden wollend in einem immer tieferen Strudel der Leidenschaften sie versinken ließ …

Bild: Paradies-Karin und ihre Genossen sitzen vor dem besetzten Großen Haus und trinken Rotwein aus großen Korbflaschen, einer spielt Gitarre. Alle grölen das Lied: ›Wer das Leben beleidigt, ist dumm oder schlecht‹. Paradies-Karin sinkt betrunken zurück, Paradies-Heinz wirft sich auf sie und knutscht sie ab.

Eckhart *(Off)*: … Leidenschaften, die ebenso gierig verfolgt wurden wie die der anderen nach Geld und Reichtum.

Mutter *(Off)*: Eckhart, mein Junge, jetzt rede doch einmal wie ein normaler Mensch!

Michael *(Off)*: Das kann er nicht. Er ist grad erleuchtet.

Heinrich *(laut im Off)*: Ich bau später noch mal einen, Leute, dann kriegt ihr auch wieder was. Aber erstmal wiedergeben, was euch nicht gehört!

ECKHART *(Off)*: Oder wie die Gier nach Wissen. Denn sie entdeckten auch die Wissenschaft ...

Bild: Paradies-Otto, Paradies-Fred und Paradies-Michael. Paradies-Otto rührt in einem Kessel, darunter ein Feuer. Paradies-Michael verschwindet aus dem Bild und kommt sofort mit einem zweiten Kessel wieder. Paradies-Fred verschwindet und kommt mit Feuerholz wieder, sie zünden das Holz an und werfen wahllos alles mögliche in den Kessel, Wasser aus dem See, Holz, Gras, Steckrüben, schließlich auch eine Schildkröte.

ECKHART *(Off)*: ... dieses teuflische Instrument des Menschen, mit dem er sich an der Natur und der Kreatur versündigt, eine Wissenschaft, die sie in den Dienst der niedrigsten Instinkte stellten, und von der sie vorgaben, daß sie ihrer Unabhängigkeit dienen sollte, die sie doch nur besessen hatten und besitzen konnten, als sie noch nicht danach strebten. Und die Pinsel, mit denen sie ihre Bäuche streichelten, wurden immer feiner.

MUTTER *(Off)*: Das verstehe ich nicht. Welche Pinsel denn jetzt?

Bild: Eckhart, Teestube. Zufrieden und sich zurücklehnend, wie von einer großen Anstrengung befreit.

ECKHART: Nein, das werdet ihr nie verstehen. Ich brauche gar nicht weiterzuerzählen.

ALLE: ›Och, Eckhart‹, ›Komm schon‹, ›Nun aber‹, ›Jetzt ist er beleidigt‹.

MICHAEL: Super Geschichte, Eckhart.

ECKHART: Ja, aber das Schlimmste kommt noch.

PSYCHOLOGIN: Was ist das Schlimmste gewesen, Eckhart? Sag es!

KRIMINALBEAMTER: Was war das Schlimmste? Was hast du getan?

CHOR *(anschwellend)*: Was war das Schlimmste? Was war das Schlimmste? Was war das Schlimmste?

ECKHART *(steht auf und hebt beschwichtigend und um Ruhe bittend die Arme)*: Was habe ich getan? Was konnte ich tun? Ich mußte bis zum Äußersten gehen. Nachdem die Sache schon ein Todesopfer gefordert hatte, ihr erinnert euch sicher, der Wellensittich, den ich mit dem Wecker zusammen versenken mußte ...

CHOR: O ja, natürlich, der Wellensittich mit dem Wecker, ja!

MUTTER *(der Freund hält ihr den Joint hin, den sie kopfschüttelnd ablehnt)*: Was für ein Wecker?

MICHAEL *(hastig)*: Haben wir alle noch parat.

ECKHART: Dann ist ja gut, denn das ist wichtig. Denn dann ...

Bild: Das Paradies, tags. Paradies-Otto, Paradies-Fred und Paradies-Michael arbeiten schwitzend an einer riesigen Maschinerie, einer Art Raffinerie, einem Verbundsystem verschiedener großer und kleiner Kessel, die geschlossen und durch ein Rohrsystem miteinander verbunden sind, darunter brennt ein riesiges Kohlefeuer, überall dampft es aus den Ritzen, das Ganze ein Urbild früher Industrialisierung. Paradies-Otto reißt eine Klappe an einem der Kessel auf und will etwas hineinwerfen. Musik dazu: ›Walkürenritt‹.

ECKHART *(kommt hinzugelaufen)*: Halt. Halt. Halt. Brüder! Versündigt euch nicht. Nicht das. Nicht das. Nicht die Kröke, nicht die Kröke. Noch ist es eine Schildkröte, macht sie nicht zur Schuldkröte!

FREUND *(Off)*: Das ist wirklich dein Junge.

MUTTER *(Off)*: Ja, und? Warum denn nicht? Ich habe das nie geleugnet, da kannst du mir keinen Strick draus drehen!

PARADIES-OTTO *(hält kurz inne und schaut auf die Schildkröte in seiner Hand, die hilflos mit den Beinen rudert)*: Warum nicht. Wenn's doch der Wissenschaft dient! *(Wirft die Kröte in den Kessel.)* Ist nicht die erste, Sportsfreund.

ECKHART: Nein! *(Stürzt zum Kessel, reißt die Klappe auf, beugt sich hinein um die Schildkröte herauszufischen.)*

PARADIES-FRED: Das langt jetzt mal langsam.

PARADIES-MICHAEL: Es gibt Formen der Uneinsichtigkeit, die kann man auch als Liberaler nicht mehr durchgehen lassen.

Bild: Paradies-Otto reißt Eckhart zurück, haut ihm links und rechts eine runter und wirft ihn in den Dreck.

ECKHART *(dazu im Off)*: Als sie die Mitgeschöpfe, die geliebten, nicht nur aus Versehen, aus Lieblosigkeit töteten, sondern auch in brutaler Berechnung der von ihnen entdeckten Wissenschaft opferten …

Bild: Teestube.

ECKHART: … da erst ging mir auf, was passiert war.

Bild: Teestube, der Vater kommt herein, geht herum und schüttelt Michael, Fred, Otto, Heinz, Herbert, Heinrich und dem Freund seiner Ex-Frau die Hand. Alle diese stehen auf und machen einen Diener. Eckhart schaut eine Weile stumm und perplex zu, fängt sich dann aber und hebt die Stimme, während die Begrüßungsshow des Vaters weiterläuft.

ECKHART: Nach dem ersten Todesopfer waren alle Dämme der Sittlichkeit gebrochen. Jetzt erst begriff ich, wohin all die geliebten Tiere verschwunden waren, von denen ich nur gedacht hatte, daß sie uns um unserer Verworfenheit willen gemieden hätten.

VATER *(ist mit den Begrüßungen gerade durch, zum Kriminalbeamten)*: Ja, ja, so sind sie, die Tiere. Pflegen uns in der Regel um unserer Verworfenheit willen zu meiden, die kleinen Racker. *(Zu Michael:)* Spricht er schon lang?

MICHAEL: Fragen Sie besser nicht, Herr Neumann. Es ist doch Ihr Sohn, Sie kennen ihn doch am besten!

VATER: Schon gut, erinnern Sie mich nicht daran, Michael. *(Laut in den Raum:)* Vergessenkönnen zeugt zweifelsfrei vom Stand der Gnade!

DIE BEIDEN MÄDCHEN *(mitten hinein, triumphierend)*: Das ist ja das totale Geficke hier!

KRIMINALBEAMTER: Könnten Sie sich bitte irgendwo hinsetzen und uns nicht weiter stören!

VATER: Nein danke, habe den ganzen Tag im Triebwagen gesessen.

PSYCHOLOGIN: Dann seien Sie wenigstens still.
VATER: Das brauchen Sie mir nicht zu sagen. Bin Beamter.
ECKHART: Vati!
VATER: *(Ignoriert ihn)*.
PSYCHOLOGIN: Schon gut, Eckhart, beachte ihn nicht weiter.
MUTTER: Ist der gar nicht wert.
KRIMINALBEAMTER *(seufzt)*: Die Kröke war dann hin, oder was?

Bild: Eckhart im Paradies, im Dreck liegend. Betrachtet, was er in der Hand hält. Es ist die Schildkröte, überzogen mit einer schokoladenähnlichen Substanz. In langsamen Bewegungen verendet sie. Trauermarsch.

ECKHART: Sie tat ihren letzten Atemzug in meinen Armen. Und ich dachte: Das ist nun wirklich das Ende. Aber das war es noch lange nicht.
KRIMINALBEAMTER *(trocken, im Off)*: Nein, das war es noch lange nicht!

Bild: Eckhart (als Paradiesbewohner) im Roland-Center, umherirrend, fiebrig auf der Suche.

ECKHART *(Off)*: Nein, das war es noch lange nicht. Es war aber der Anfang vom Ende, und weil ich das nicht glauben wollte, suchte ich die anderen, ich dachte sie zur Umkehr bewegen zu können, wenn sie nur erkennten, was passiert war. Dafür verließ ich sogar unsere geliebte Welt und begab mich ins Roland-Center.

Bild: Roland-Center, tags. Viele Flaneure. Eckhart findet die Gruppe des Paradies-Vaters. Alle sind durchaus bieder und normal angezogen und stehen hinter luxuriösen Sonderständen im Gang des Roland-Centers. Kunstvoll gearbeitete, mehrfach lackierte Steckrübenartefakte sind zu sehen. Der Paradies-Vater ist Mittelpunkt der Szene, schüttelt die Hand von Passanten und Geschäftsleuten, das Geschäft läuft super, Groß- und Einzelhandelskunden schleppen kartonweise Artefakte davon, der Paradies-Freund der Paradies-Mutter zählt viele Geldscheine in eine Kasse. Eckhart befingert fassungslos die Artefakte auf den Tischen. Großaufnahme. Wir sehen, daß die Artefakte vier aufeinanderstehende Tiere (Schildkröte, Ente, Frosch, Sittich) darstellen. Über dem Stand ein Transparent: »Die Bremer Stadtmusikanten: Einmal anders!«

ECKHART: Sportsfreunde, was tut ihr? Was habt ihr getan? Und was tragt ihr da für seltsame Kleidung? Seid ihr wirklich die, die mit mir den Himmel, die Erde und die Nahrung geteilt haben?

Bild: Umstehende Passanten rücken von Eckhart ab und betrachten ihn neugierig-angeekelt.

TEENAGERMÄDCHEN 1: Der stinkt.

TEENAGERMÄDCHEN 2: Ja.

Bild: Paradies-Vater mit Geschäftsmann.

PARADIES-VATER: Du hier, Sportsfreund? Eigentlich möchten wir nicht, daß du hier bist. Du hast hier nichts zu schaffen. Geh zurück zu deinen Hottentotten.

ECKHART: Dogon, Sportsfreund, Dogon. Die Hottentotten leben mindestens 4000 Kilometer …

PARADIES-VATER: Und nenn mich nicht Sportsfreund. Oder haben wir schon miteinander die Schweine gehütet?

Bild: Die umstehenden Passanten und der Geschäftsmann, mit dem der Paradies-Vater gesprochen hatte, lachen.

PARADIES-VATER: Weiß auch nicht, was das für ein Spinner ist.

ECKHART *(wendet sich an den Paradies-Freund der Paradies-Mutter, der ihn überhaupt nicht beachtet und weiter Geldscheine zählt)*: Dieser, den ihr Spinner nennt, hat eben eine Schildkröte bestatten müssen. Eins unserer Tiere. Getötet von uns. Ausgebeutet von euch. Bestattet von mir.

Bild: Paradies-Vater gibt Eckhart ein Bündel Geldscheine.

PARADIES-VATER: Da drüben ist eine Zoohandlung, da kannst du dir so viele Schildkröten kaufen, wie du willst. *(An den Geschäftsmann neben sich gewandt:)* Er ist ein bißchen zurückgeblieben, da muß man sich nichts bei denken.

Bild: Alle nicken etwas betreten. Durch die Umstehenden drängelt sich die Paradies-Mutter mit Einkäufen: Es handelt sich dabei um große Tüten voller Nutellagläser.

PARADIES-MUTTER: Was macht der denn hier? Will der mitmachen?

PARADIES-VATER: Nein, der will nicht mitmachen.

ECKHART *(wirft das Geld auf den Boden)*: Nein, da mach ich nicht mit, da mach ich nicht mit.

Eckhart geht an einen der Stände und fegt die Artefakte herunter.

ECKHART *(währenddessen, laut schreiend)*: Das ist Verrat, das ist Verrat. O Gott ...

Eckhart hält inne, bückt sich, hebt eine Stadtmusikantenfigur auf, streichelt sie und stellt sie sorgfältig auf den Tisch zurück.

ECKHART *(mehr zu sich)*: Arme Tiere, arme Tiere, das habe ich nicht gewollt.

PARADIES-MUTTER *(zum Geschäftsmann)*: Was ist eigentlich mit dem Roland-Center los? Gibt's hier keine Security mehr?

Bild: Eckhart, wie er, von drei Wachmännern geschubst, vor dem Roland-Center im Dreck landet.

ECKHART *(Off)*: Es war hoffnungslos. Es schien alles verloren. Und dennoch wollte ich es nicht glauben, ich dachte immer noch, wenn sie nur sehen könnten, sich erinnern könnten an das, was sie verloren hatten, wenn ich sie aufrütteln könnte ...

Bild: Eckhart in der Teestube.

ECKHART: ... dann wäre vielleicht noch eine Chance gewesen, die Sache zu retten und zu jenem reinen Zustand zurückzukehren. Wie naiv ich doch war ...

Eckhart macht eine Kunstpause. Alle in der Teestube warten still, daß er weiterspricht. Die Stille dauert, bis es peinlich wird.

ECKHART *(der die Kunstpause genossen hat)*: Aber wie? Wie hätte ich sie aufrütteln können? Ach, wie oft habe ich gehofft, daß ich gleich aufwache und sich alles nur als ein böser Traum entpuppt, aufwache in jener herrlichen Welt, die wir hatten und die sie weggeworfen haben wie einen armen alten Schuh, um sie einzutauschen gegen etwas, das so abgrundtief böse war, daß es … *(Beginnt zu weinen.)*

PSYCHOLOGIN *(faßt Eckhart um die Schulter)*: Weine ruhig, Eckhart, aber übertreib es nicht, manchmal kann Weinen helfen, aber in deinem Fall würde ich jetzt mal sagen, daß …

Der Vater nähert sich der Psychologin von hinten und klopft ihr überraschend auf die Schulter, so überraschend, daß sie zusammenzuckt.

PSYCHOLOGIN: Was …?

VATER: Schwester, ich glaube es wird Zeit, daß Sie ihm die Spritze geben. Und sich selbst gleich auch eine, würde ich sagen.

KRIMINALBEAMTER: Jetzt reicht's aber. Hier fällt gleich der Watschenbaum um. *(Steht mühsam (eingeschlafene Beine) auf.)*

Bild: Der Kriminalbeamte und der Vater stehen Nase an Nase und schauen sich in die Augen.

KRIMINALBEAMTER: Sie haben hier überhaupt nichts zu melden, Sie Kasper.

VATER: Jetzt reißen Sie sich mal zusammen, junger Mann. Ich lasse mich nicht beleidigen. Ich bin schließlich auch Beamter, silberne Nadel und Urkunde für 25jähriges Dienstjubiläum, Belobigungen, Parteibuch, alles da. Wissen Sie nicht, was Sie Ihre Unbedachtheit kosten kann, wünschen Sie Belehrung? Stets zu Diensten!

KRIMINALBEAMTER: *Sie* wollen mich belehren? *Sie* Popanz? Sie Witzfigur von einem Schaffner wollen *mir* blöd kommen?

Kurze Pause, während der der Vater überlegt.

VATER *(dann)*: Na, wo sind denn jetzt deine Legionen, du Westentaschen-Varus? Oder soll ich's nochmal auf Latein sagen? *(schaut triumphierend in die Runde:)* Soll ich?

MICHAEL: Ich denke, das wär dringend angezeigt.

HERBERT: Wenn ich drum bitten dürfte.

MUTTER *(beginnt zu singen)*: Als die Römer frech geworden ...

OTTO: Los, Jungs, ab über den Rubikon!

Es entsteht lebhafte Unruhe in der Teestube, alle reden durcheinander.

PSYCHOLOGIN *(ruft genervt zum Kriminalbeamten hoch)*: Muß das denn sein? Was soll das werden, noch eine Prügelei mit dem Idioten, oder was?

VATER: Wie viele Beamte wollen Sie noch beleidigen, junge Frau? Mir macht sowas nichts aus, aber ich kann nicht zulassen, daß Sie den Kollegen hier einen Idioten nennen! Wissen Sie nicht, daß Sie sich damit strafbar machen?

KRIMINALBEAMTER *(fassungslos)*: Ihr seid doch alle total bekloppt, Leute.

ALLE *(im Chor)*: Buh!

MUTTER *(stubst ihren Freund an)*: Jetzt tu doch mal was.

FREUND: Still, das sind Beamte, da kann man nichts machen.

Bild: Eckhart hört auf einen Schlag auf zu weinen und fängt übergangslos und völlig klar und deutlich wieder an zu sprechen, woraufhin alle überrascht verstummen.

ECKHART: Ich lag im Staub, und wie hätte ich nicht im Staub liegen können ...

Bild: Eckhart, damals, nach dem Rausschmiß, wie er vor dem Roland-Center liegt, aufblickend, vor ihm die beiden kleinen Paradies-Mädchen.

ECKHART *(Off)*: ... da doch unsere, ihre Welt ganz im Staub lag. Was blieb mir noch zu tun? Aufstehen, ein letztes Mal! Ich mußte ein Zeichen setzen! Der Unfrieden mußte ein Ende haben! Ich wußte, wenn die Sünde einmal da war, dann mußte einer büßen und ich war bereit, dieser eine zu sein, die Sünde auf mich zu nehmen, so wie ich es immer getan habe.

1. PARADIES-MÄDCHEN: Sportsfreund, wir wollen Nutella essen.

2. PARADIES-MÄDCHEN: Und keinen Sand mehr.

ECKHART: Warum nicht? Seht mich an! Ich esse Staub.

1. PARADIES-MÄDCHEN *(verwirrt)*: Naja ... wie du meinst. Und, wie schmeckt es?

ECKHART: Köstlich.

2. PARADIES-MÄDCHEN: Spinner!

Bild: Die beiden Paradies-Mädchen steigen über den am Boden liegenden Eckhart hinweg und gehen ins Roland-Center.

Bild: Schwarz. Dann weiße Schrift auf schwarzem Grund:

XX – Ascensio Anguli Duri

Bild: Eckhart, im Paradies, zwischen zwei verwüsteten Beeten sitzend, im Hintergrund Paradies-Otto und seine Freunde, wild werkelnd an großer, qualmender Maschinerie. Eckhart, der ab und zu zu ihnen hinüberschaut, um zu sehen, ob sie ihn beachten, was sie nicht tun, flicht sich einen Dornenkranz aus Haselnußsträuchern. Er steht auf und geht zu ihnen hinüber.

ECKHART *(zu Paradies-Michael)*: Darf ich die haben? *(Weist auf zwei Balken, der eine länger, der andere kürzer, die inmitten anderen Industriemülls herumliegen.)*

PARADIES-MICHAEL: Wenn es das ist, was du willst, Sportsfreund ...!

Paradies-Otto, Paradies-Fred, Paradies-Michael lachen, Eckhart nimmt die beiden Balken und bindet sie mit einem herumliegenden Strick umständlich zusammen.

ECKHART *(dazu im Off)*: Es war nicht ich, der es tat, es waren sie. Nicht ich baute das Kreuz, an das ich geschlagen wurde, obwohl ich es war, der es zusammenbaute, sondern sie waren es, die in mir es bauten, ohne es zu ahnen.

Bild: Teestube, jetzt.

KRIMINALBEAMTER *(amüsiert zum Vater)*: Soso, Beamter sind Sie! Soviel ich weiß, seid ihr Schaffner bloß Angestellte.

PSYCHOLOGIN *(zum Kriminalbeamten)*: Jetzt hör doch mal auf mit dem Deppen, das ist doch jetzt nicht wichtig.

VATER: Also, junge Frau, da muß ich jetzt aber doch bemerken, daß Ihr Einwurf reichlich unqualifiziert ist. Wenn zwei Diener des Staates eine simple fachliche Differenz in Fragen des Beamtenrechts austragen, sollten sich Außenstehende zurückhalten. Worüber man nicht reden kann, darüber sollte man schweigen, Wittgenstein. Frauen sowieso immer. Hattet ihr Rederecht im römischen Senat? Kann mich nicht entsinnen. Da muß ich den Kollegen wirklich mal in Schutz nehmen.

KRIMINALBEAMTER: Ich dagegen kann mich nicht entsinnen, Sie um Schutz gebeten zu haben. Und nennen Sie mich nicht Kollege, sonst passiert hier was, sonst schalt ich Ihnen Ihre Ampeln allesamt auf Rot.

MUTTER: Das wär einmal ein Mann nach meinem Geschmack!

ECKHART *(ungehalten über die Nichtbeachtung, laut brüllend)*: Und so konnten sie auch nicht wissen, daß sie es waren, die mich auf meinen Leidensweg schickten, sie konnten nicht wissen, daß die Schlaufen, die ich schlang ...

Bild: Eckhart, im härenen Gewand, mit Haselnuß-Dornenkrone und zusammengezimmertem Kreuz, an Paradies-Otto und seinen Freunden und ihrer Raffinerie vorbeischlurfend, dabei noch einmal um sie herum einen Kreis laufend, ohne jedoch im mindesten beachtet zu werden.

ECKHART *(Off)*: ... die Schlaufen waren, in denen ihre armen Seelen sich schon längst verfangen hatten und die sie würgten, ohne daß sie ein Würgegefühl verspürt hätten, so muß man das, glaube ich, beschreiben, denn es war eigentlich unbeschreiblich.

Bild: Eckhart geht mit seinem Kreuz weiter und zieht jetzt an der Gruppe des Paradies-Vaters, der Paradies-Mutter und ihres Paradies-Freundes vorbei, die gerade Kartons mit Nutellagläsern öffnen und begutachten. Der Paradies-Freund der Paradies-Mutter öffnet gierig ein Nutellaglas.

PARADIES-VATER *(streng)*: Gegessen, Sportsfreund, wird nur im Großen Haus, und nur gemeinsam und von allen. Wir haben doch darüber gesprochen.

PARADIES-MUTTER *(weiter eifrig aufstapelnd)*: Aber warum eigentlich?

PARADIES-VATER: Weil, wollen wir etwa werden wie die anderen?

Nein. Wir wollen, daß die anderen werden wie wir. Erst wenn es innen bei ihnen stimmt, dann stimmt es auch wieder außen.

PARADIES-FREUND UND PARADIES-MUTTER IM CHOR: Erst wenn es innen bei ihnen stimmt, dann stimmt es auch wieder außen.

Bild: Eckhart dreht auch hier eine Ehrenrunde, wird aber ebensowenig beachtet. Währenddessen geht ein langsam anschwellender Hagel von Wurfgeschossen, bestehend aus Haselnüssen und Steckrubenschnitzeln, über der Szene nieder, auch Eckhart wird vereinzelt getroffen. Dann verläßt er diese Gruppe, die, während er weiterschlurft, aus dem linken Bildrand verschwindet.

ECKHART *(im Off)*: Ich wollte sie aufrütteln, oder aber rütteln an den Stäben ihrer Käfige. Oder sie dazu bringen, selbst an diesen Stäben zu rütteln. Ich hoffe, daß ich mich hier klar und verständlich ausdrücke, denn dies ist ein Punkt ...

Bild: Teestube.

KRIMINALBEAMTER: Ich kann doch nichts dafür, außerdem hat er dich doch dumm angequatscht von wegen Spritze!

PSYCHOLOGIN: Kann mich nicht erinnern, dich um Hilfe gebeten zu haben, du Macho.

MUTTER: Das sind sie alle! Das sagen sie immer!

KRIMINALBEAMTER: Wieso immer? Wer sagt was immer?

VATER: Mulier tacebat in ecclesiam. Das Weib schweige in der Gemeinde, falls jemand hier noch Sinn für Paulus hat.

PSYCHOLOGIN: Und Sie, Sie sind gleichfalls ein ganz großes Arschloch.

KRIMINALBEAMTER: Wieso gleichfalls? Wieso gleichfalls?

VATER: Lassen Sie mich mal, Kollege! Ich lasse mich von einer Krankenschwester nicht beleidigen, das lasse ich gar nicht erst an mich ran. Über alles Weitere werden Sie von Ihrem Vorgesetzten instruiert werden. Bedanken Sie sich schon mal bei Ihrem losen Mundwerk.

ECKHART *(macht nach einer fassungslosen Pause mit erhobener Stimme nahtlos weiter)*: … dies ist ein Punkt nicht ohne Bedeutung, tatsächlich war es der entscheidende Punkt: würde es gelingen, sie zur Einsicht zu bringen, sie durch ein klares Beispiel …

Bild: Paradies. Eckhart mit Kreuz über der Schulter, unter den Wurfgeschossen sich wegduckend, nähert sich auf seinem Passionsweg dem Großen Haus. Dort steht die Gruppe von Paradies-Karin, Paradies-Heinz, Paradies-Herbert und Paradies-Heinrich, die ohne Unterlaß Haselnüsse werfen und mit Paradies-Karins BHs als Zwillen ganze Steckrüben verschießen.

ECKHART: *(Off)* … zu ermutigen, den Weg des Konflikts, der Gier, der Habsucht, der Gewalt zu verlassen und zu jenem einfachen, tierliebenden Leben zurückzukehren, das uns allen so fein behagt hatte.

PARADIES-KARIN UND IHRE FREUNDE *(skandieren im Chor)*: Wir wollen keine Nutellafresserschweine! Wer das Leben beleidigt, ist dumm oder schlecht! Steckrübe ist Leben!

Bild: Eckhart schlurft vorwurfsvoll leidend an ihnen vorbei und gelangt mit seinem Kreuz an die vordere Giebelwand des Großen Hauses. Während Paradies-Karin und ihre Mitstreiter immer weiter ihre Parolen skandieren und Steckrüben verschießen, nimmt Eckhart das Kreuz von der Schulter, lehnt es aufrecht an die Wand und hängt sich selbst darin ein, indem er die Hände und beide Füße in die dafür vorgesehenen Schlaufen tut. Dort hängt er nun, während alle drei Gruppen vor dem Eingang des Großen Hauses aufeinandertreffen. Die Gruppe des Paradies-Vaters kommt mit großen Kartons voller Nutella, die Paradies-Otto-Gruppe kommt mit einer Art Gulaschkanone (umfunktionierter Betonmischer). Paradies-Otto hat einen betriebsbereiten Flammenwerfer auf den Rücken geschnallt.

PARADIES-KARIN: Nein, nicht, ihr sollt nicht ins Große Haus, das habt ihr euch verscherzt. Die Dogon verstehen da keinen Spaß.

PARADIES-VATER: Sportsfreundin, schau was wir haben. Wir haben es geschafft.

PARADIES-OTTO: Nein, *wir* haben es geschafft. Autarkie, das ist es! Wir haben sie!

PARADIES-KARIN: Das glaubt ihr ja selbst nicht.

PARADIES-VATER: Was soll's, jetzt gibt's erstmal für alle Nutella.

PARADIES-OTTO *(läßt seinen Flammenwerfer kurz mal Feuer spucken, auf die Gulaschkanone weisend)*: Ist fast fertig. Da muß man nur noch einmal ordentlich Zunder geben, dann haben wir unser eigenes Nutella, dann brauchen wir euren erbettelten westlichen Zivilisationsmüll nicht.

PARADIES-VATER: Von wegen erbettelt! Hast du eine Ahnung, du mit deiner selbstgemachten Pampe da. Das wird schon wieder so eine Schweinerei sein!

PARADIES-HEINZ: Wer das Leben beleidigt, ist dumm oder ... *(Hält hier inne und schaut seine Sportsfreunde auffordernd an.)*

PARADIES-KARIN: ... schlecht!

PARADIES-HERBERT: Genau!

PARADIES-VATER: Ja, ja, meinetwegen.

ECKHART: Sportsfreunde! Seht ihr mich nicht?

PARADIES-OTTO *(Eckhart ignorierend)*: Gehen wir doch alle zusammen ins Große Haus und lassen den Geist des Hungerreissterns entscheiden, wer das bessere Nutella hat. Die Dogon müssen entscheiden. Wenn ich das da drin behandle *(läßt seinen Flammenwerfer noch einmal zeigen, was er kann)*, dann wird das 1a-Nutella, ich weiß das.

VATER: Gar nichts weißt du!

PARADIES-OTTO: Warum nicht?

ECKHART *(flehend)*: Sportsfreunde, seht her!

PARADIES-VATER: Weil wir nichts wissen.

PARADIES-KARIN: Und deshalb dürft ihr dort nicht hinein. Und überhaupt!

PARADIES-VATER: Ach du, Närrin, was weißt du schon!

PARADIES-KARIN *(stolz)*: Nichts natürlich!

PARADIES-VATER: Ach, Quatsch, jetzt gibt's erstmal ein Frei-Glas für jeden.

Der Paradies-Vater, die Paradies-Mutter und ihr Paradies-Freund, jeder einen Karton tragend, schieben Paradies-Karin und ihre Freunde vor sich her in das Innere des Großen Hauses. Paradies-Otto mit der Gulaschkanone und seine Jungs folgen ihnen.

PARADIES-OTTO: Wartet! Jetzt kommt's! Jetzt kommt's!

ECKHART *(schwerst leidend, fleht leise mit hoher Fistelstimme)*: Haltet ein, haltet ein!

PARADIES-MICHAEL *(der als letzter ins Haus geht)*: Na, Sportsfreund, was machst du denn da? Keine Lust auf was Süßes? *(Verschwindet im Großen Haus.)*

Eckhart alleine am Kreuz. Eine kleine Karawane Schildkröten zieht am Fuße des Kreuzes vorbei, weg vom Großen Haus. Langsam fällt das Kreuz um. Stille. Dann:

PARADIES-OTTO *(aus dem Haus heraus zu hören)*: Achtung, Leute, jetzt! Ihr werdet staunen.

Man hört das Fauchen des Flammenwerfers, dann eine mächtige Verpuffung. Aus dem Eingang des Hauses schlägt eine Flamme, Rauch legt sich über die ganze Szene, und dann stürzen alle aus dem Großen Haus heraus und laufen davon, an dem immer noch unter dem Kreuz am Boden liegenden Eckhart vorbei. Nachdem sie verschwunden sind, rappelt sich Eckhart langsam unter dem Kreuz hervor und steht inmitten der Flammen, die Arme zum Himmel erhoben, flehend.

Bild: Teestube.

ECKHART *(laut schreiend)*: Und das war das Ende meiner Sportsfreunde. Ich sah sie nie mehr wieder. Ich weiß nicht, wohin sie gegangen sind und mir bleibt nur eins: . . .

VATER *(genauso laut)*: Da bin ich aber mal gespannt, was dir noch bleibt, verdorrte Frucht!

ECKHART: Ich will verkünden! Was? Die Wahrheit, denn ich habe sie gesehen, habe sie mit eigenen Augen gesehen, am Sodenmattsee, sie und ihre ganze Herrlichkeit!

Eckhart breitet die Arme aus, als wolle er alle Anwesenden segnen.

ECKHART *(wieder normal laut, salbungsvoll)*: Und so verkünde ich euch hier, wo es anfing, oder jedenfalls hätte anfangen können, in der Teestube, im Roland-Center, ich verkünde es euch, ich habe die Wahrheit gesehen ...

OTTO *(ihn unterbrechend)*: Ganz kurz mal eben, Eckhart: Was war denn jetzt eigentlich die Wahrheit, das habe ich irgendwie nicht ganz mitgekriegt!

MICHAEL: Die Wahrheit, Otto, die Wahrheit, die würde ich nicht von Eckhart erfragen, ehrlich nicht.

MUTTER: Das ist mein Junge. Der lügt nicht. Und der war immerhin schon im Fernsehen, was man von Ihnen wohl nicht sagen kann.

KRIMINALBEAMTER *(gut gelaunt, pragmatisch)*: Tja, das war's dann ja wohl. Steckrüben, Feuer, Nutella. Nicht gerade ein Jahrhundertverbrechen ...

Bild: Eckhart schlängelt sich durch die teils noch sitzenden, teils stehenden Zuhörer zum Ausgang der Teestube.

PSYCHOLOGIN: Eckhart, warte doch, wo willst du hin?!

KRIMINALBEAMTER: Und in meinen Klamotten!

ECKHART: Und seit der Zeit verkünde ich nun! Und verkünde und verkünde! Außerdem liebe ich jetzt auch alle, und die, die über mich lachen, liebe ich am meisten. Warum – weiß ich nicht.

Bild: Eckhart dreht sich am Ausgang der Teestube noch einmal kurz um.

ECKHART: Und ich kann es auch nicht erklären, aber mag es so sein.

PSYCHOLOGIN: Wo willst du denn nun hin, Eckhart?

MUTTER: Zu mir doch wohl nicht!

Freund: Nein, das geht ja nun nicht.

Kriminalbeamter *(zur Psychologin)*: Das willst du doch wohl nicht wirklich wissen, oder?

Bild: Eckhart geht hinaus, die anderen drängen sich hinter den Glasscheiben der Teestube und schauen ihm hinterher. Niemand macht Anstalten ihm zu folgen. Eckart geht ein paar Schritte von der Teestube weg, dreht sich wieder um, sieht, daß ihm niemand folgt, und kommt wieder zurück an den Eingang der Teestube.

Eckhart *(in die Teestube hineinrufend)*: Sie sagen, ich schlüge ja schon jetzt einen Irrweg ein, wenn ich mich aber schon jetzt verirrte, was würde dann noch weiter geschehen?

Alle, im Chor *(erschöpft)*: Schon gut, schon gut, danke.

Eckhart *(unermüdlich, noch lauter werdend)*: Oder habe ich mich gar schon verirrt? Muß ich zurückkommen und hier weiter verkünden?

Alle *(entsetzt)*: Nein, nein, nein!

Eckhart: Oder hinaus in die Ferne und überall verkünden?

Alle: Ja, in die Ferne, in die Ferne!

Eckhart *(kokett)*: Aber euch, die ihr über mich lacht, liebe ich doch besonders.

Alle: Dann lachen wir lieber nicht mehr!

Eckhart dreht sich um und sieht sich Paradies-Karin gegenüber.

Eckhart *(breitet die Arme aus)*: Karin!

Paradies-Karin: Karin … welche Karin … – *(lange Pause)* Sportsfreund?

Bild: Eckhart, lächelnd.

Bild: Paradies-Karin, lächelnd.

Bild: Paradies-Karin dreht sich um und geht von der Teestube weg. Eckhart folgt ihr. Die anderen bleiben in der Teestube zurück. Eckhart schließt zu Paradies-Karin auf und nimmt ihre Hand. Die beiden verschwinden auf einer Rolltreppe hinab ins Getümmel des Antikmarktes.

ECKHART *(im Off, Musik)*: Ja, es ist wirklich wahr: Ich verirre mich. Je weiter, desto schlimmer wird es vielleicht noch werden. Natürlich werde ich noch oftmals fehlgehen, bevor ich erlernen werde, wie man es verkünden muß. Das heißt, mit welchen Worten und welchen Taten, denn es ist eine schwere Aufgabe.

Bild: Paradies-Karin und Eckhart, Hand in Hand, verlassen das Roland-Center. Paradies-Karin kauft zwei Fahrkarten und besteigt mit Eckhart eine Straßenbahn, die auch sofort abfährt. Die Straßenbahn verschwindet langsam in der Ferne. Die Stimmen von Eckhart und Paradies-Karin sind dabei noch lange zu hören.

— Ich werde gehen und gehen. Und verkünden —

ECKHART *(Off)*: Und dabei streben doch alle zu ein und demselben Ziel, alle, angefangen vom Weisen bis zum letzten Verbrecher, nur tun sie es auf verschiedenen Wegen. Das ist eine alte Wahrheit.

PARADIES-KARIN *(Off)*: Ja, ja. Laß mich mal eben die Karten entwerten!

ECKHART *(Off)*: Ich habe doch die Wahrheit gesehen und ich weiß: Die Menschen können schön und glücklich sein, ohne dabei die Fähigkeit einzubüßen, auf der Erde zu leben. Aber wie soll man mir denn nicht glauben: ich habe die Wahrheit doch gesehen.

PARADIES-KARIN *(Off)*: Ja. Hast du schon erzählt. *(Es macht zweimal das klingelnd-stempelnde Geräusch vom Fahrkartenentwerter).*

ECKHART *(Off)*: Nicht, daß ich sie mit meinem Verstand erfunden hätte, nein, ich habe sie gesehen, gesehen, und ihr lebendiges Bild hat meine Seele bis in alle Ewigkeit erfüllt. Ich habe sie in einer so erfüllten Ganzheit gesehen, wie soll ich nun glauben, daß es diese Wahrheit nicht auch bei den Menschen geben könne? Vielleicht werde ...

PARADIES-KARIN *(Off)*: Ist ja schon gut.

ECKHART *(Off)*: ... ich etwas vom Wege abweichen, vielleicht sogar mit fremden Worten sprechen, aber nicht lange, das lebendige Bild ...

PARADIES-KARIN *(Off)*: Schon gut!

ECKHART *(Off)*: ... dessen, was ich gesehen, wird ewig in mir sein und mich immer wieder läutern und leiten. Oh, ich bin rüstig und frisch, und ich werde gehen und gehen, und wenn auch tausend Jahre!

PARADIES-KARIN *(Off)*: Tausend Jahre – geht's nicht auch 'ne Nummer kleiner?

ECKHART *(Off)*: Wie aber das Paradies errichten, das weiß ich nicht, denn ich kann es nicht in Worten wiedergeben. Mit meinem Traum habe ich alle Worte verloren. Wenigstens alle notwendigen Worte, die nötigsten.

Abblende. Schwarz.

PARADIES-KARIN *(Off)*: Das wäre schön.

ECKHART *(Off)*: Doch was tut's, ich werde gehen und verkünden, denn ich habe es doch immerhin mit eigenen Augen gesehen, wenn ich auch nicht wiedergeben kann, was ich gesehen habe.

Der Abspann beginnt.

PARADIES-KARIN *(Off)*: Dann laß es doch einfach sein.

ECKHART *(Off)*: Wartet, ich will euch noch mehr sagen! Gut, nun gut, wißt, ich wollte es ...

PARADIES-KARIN *(im Off, schreit ihn an)*: Eckhart! Halt endlich mal den Rand, das ist ja lächerlich!

ECKHART *(im Off, zufrieden)*: Ich bin ein lächerlicher Mensch. Man nennt mich jetzt einen Verrückten.

Ende.